- Nur mal schnell zum Nachgucken -

Heike Jakobs

Buch

Was bewegt einen, ein Büchlein zu schreiben und über die Erlebnisse in der Wartezone zu berichten? Es ist eine ganz einfache Erklärung: Ich habe viele – zusammengerechnet sind das sehr sehr viele Stunden, bestimmt an der Zahl über 60 - dort verbracht, gleichsam Schicksale und Unfälle erlebt, nette, bewegende Gespräche geführt und auch Privates über - für mich völlig wildfremde Menschen - erfahren.

Ich möchte Patienten und ebenso alle anderen Menschen, die dies lesen, ermutigen, nicht einfach aufzugeben, auch wenn das Leben nicht so läuft wie man es gerne hätte und man es sich vielleicht vorstellt. Das Leben ist kein Wunschkonzert. Manche Dinge sind nicht planbar, sie kommen unvorhergesehen, plötzlich und man muss sie hinnehmen, so wie sie sind. Trotz allem sollte man versuchen, das Positive daraus zu ziehen und sich den eigenen Weg so zu ebnen, dass das Leben lebenswert bleibt. Vielleicht kann man in Zukunft einiges ändern und besser machen.

Es ist vieles zum Schmunzeln, aber auch meine Ängste und Emotionen habe ich festgehalten und das Erlebte soll zum Nachdenken anregen. Den vielleicht vorschnell gefassten Schluss über die genervten Angestellten und auch Ärzte zu überdenken und Alles aus einem anderen Blickwinkel zu betrachten.

Anmerkung:
Namensgleichheiten sind rein zufällig und haben mit den jeweiligen Personen in diesem Buch nichts zu tun.

Impressum

© 2013 Heike Jakobs

Karikatur und Zeichnung: Jasmin Becker

„Herstellung und Verlag: BoD – Books on Demand, Norderstedt"

Die Deutsche Nationalbibliothek verzeichnet diese Publikation in der Deutschen Nationalbibliografie; detaillierte bibliografische Daten sind im Internet über www.dnb.de abrufbar.

ISBN 978-3-732-28312-5

Allerlei zum Schmunzeln und Nachdenken über die Wartezeit in einer Notaufnahme

- Man ist nie allein -

SOMMER

Ende Juli

Der Sturz

Tag 1

Es war Sommerzeit: die Sonne schien am blauen Himmel, es war warm und es genügte an diesem Tag eine kurze Hose mit T-Shirt. Eine Jacke war überflüssig. Einfach herrlich. Ich freute mich, nach einem anstrengenden Tag, meinen Arbeitsplatz zu verlassen und zu Hause gemütlich im Garten das schöne Wetter zu genießen. So ging ich den gewohnten Weg zur U-Bahn-Station, löste mein Fahrticket und nahm die nächste für mich passende Bahn. Es waren nur vier Stationen, denn dort erwartete mich mein Mann mit dem Auto, um den Weg gemeinsam mit unseren Töchtern nach Hause anzutreten. Beim Aussteigen trat ich nicht über die Stufe, die sich in der U-Bahn befindet, sondern einfach ins Nichts. Der linke Fuß knickte um, so dass ich das Gleichgewicht verlor und auf den Asphalt fiel. Da lag ich nun mit verkrümmtem Bein neben – Gott sei Dank – **neben** und nicht vor der U-Bahn! Ich hoffte auf sofortige Hilfe beim Aufstehen, da ich dazu alleine nicht mehr in der Lage war. Meine zweitälteste Tochter Julia, die sich total erschrocken hatte, befand sich hinter mir. Ein netter junger, sehr blasser und schmaler, gut aussehender Mann kam auf mich zu und reichte mir die Hand. Doch diese lehnte ich schmunzelnd ab, denn ich konnte mich keinen Zentimeter auch nur bewegen oder gar mithelfen. Ich erwiderte nur, dass er es nicht schaffen würde, mir aufzuhelfen, aber er war sehr zuversichtlich und tatsächlich: Gemeinsam mit meiner Tochter hievte er mich auf die gegenüber liegende

Sitzbank. Ich war kreidebleich und dem totalen Schmerz ausgeliefert. Zwischenzeitlich wurde auch mein Mann informiert, der oben mit meiner ältesten Tochter Alexandra im Auto auf mich wartete, um dann gemeinsam mit uns den Heimweg anzutreten. Er kam schnellen Schrittes zu mir und so schafften sie mich (den genauen Ablauf habe ich wohl unter den unvorstellbaren Schmerzen verdrängt) ins Auto und wir fuhren direkten Weges ins Krankenhaus.

Nun zu der Überschrift meines Buches: Nur mal schnell zum Nachgucken….. Ja, mal „schnell" zum Nachgucken fahren, ist der erste Gedanke, der aufkommt, wenn doch ein Arzt hinzugezogen werden muss. Klar: der Fußknöchel war dick angeschwollen – die Größe eines Pfirsichs war nix dagegen – und ich hatte fürchterliche Schmerzen, dachte aber noch wohlwollend: Es wird schon nicht so schlimm sein. Das Übliche wird seinen Lauf nehmen: einen Verband anlegen, Ausruhen und Kühlen und dann wird es wieder gehen. *Doch dies waren nur meine Gedanken!* In der Notaufnahme angekommen, muss man sich am Eingangsbereich anmelden. Ein schöner, noch ziemlich neuer Empfangsbereich mit hellen Möbeln, fast so schön wie in einem Hotel an der Rezeption. Zwölf (Plastik-!) Stühle an der Wand und vier in dem seitlichen Gang stehen für die Patienten bereit, um besetzt zu werden. Kleiderhaken sind nur 8 Stück vorhanden. Etwas wenig, wenn man die Stühle-Anzahl berücksichtigt, doch viele halten ihre Jacken oder Mäntel auf dem Arm bzw. lassen sie an, weil man ja „nur mal schnell zum Nachgucken" kommt. Man nimmt in der Wartezone auf einem der Stühle Platz und wartet auf den Aufruf seines Namens. Als ich an der Reihe war, mein Name aufgerufen wurde, schob meine Tochter Alexandra mich in einem herbeigeholten Rollstuhl in das genannte Behandlungszimmer. Es gibt die Räume 1 bis 4. Dort sitzt man noch einmal in der Warteschleife. Eine halbe Stunde muss man mindestens einplanen, um dann einen Arzt oder eine Ärztin begrüßen zu dürfen.

Nach dem ersten Gespräch mit einer sehr netten jungen, gutaussehenden (etwas kleineren) Ärztin, musste ich erst einmal zum Röntgen und danach zur nochmaligen Besprechung. Diese ergab, dass mein Sprunggelenksknochen angebrochen war und ich mit einer Schiene und Krücken das Krankenhaus wieder - nach nur 2 Stunden -, verlassen konnte. Natürlich durfte ich meinen Fuß in keinster Weise belasten und sollte mich in 1 Woche wieder vorstellen. Das Rezept für die guten Thrombosespritzen im Gepäck, verließ ich ziemlich aufgewühlt das Krankenhaus.

Gedanken kommen einem in den Kopf. Wie in einem fürchterlichen Sturm, wo die Blätter alle wild durcheinander fliegen, aber keine Ordnung reinzubringen ist. Genauso fühlte ich mich in diesem Moment.

Jeder hat so seine Termine und Planungen für zu Hause, im Beruf und in der Freizeit. Doch dies musste nun erst einmal alles stillgelegt bzw. verschoben oder gar aufgehoben werden. Doch die Hauptsorge kam nun auf: was sollte mit meiner Zusage zum Blumengießen bei meiner guten Freundin Cornelia (auf sie komme ich später nochmals zurück) geschehen? Ich hatte diese Zusage bis zu meinem Sturz für 5 Tage einhalten können, aber nun war nichts mehr einzuhalten. Es war erst die Hälfte meines kleinen Freundschaftsdienstes vorbei. So fragte ich Alexandra. Sie übernahm diese Aufgabe gerne für mich, wofür ich ihr sehr dankbar war. Denn mir wurde klar: Die Selbstständigkeit wurde mir schnell durch so einen Unfall genommen, ohne dass ich daran etwas ändern konnte.

Tag 3

Schon 2 Tage später traten Beschwerden in meinem Knie auf, so dass ich mich früher als zu dem vereinbarten Wiedervorstellungs-Termin in das Krankenhaus fahren ließ. Der Ablauf wiederholte sich: Anmelden, geduldig warten, bis der Name aufgerufen wird und dann in eines der besagten Zimmer gehen bzw. humpeln. Es war bei mir nichts Besonderes festzustellen, welch ein Glück: ich solle kühlen und ruhen, damit die Schwellung im Knie zurückgeht. Das war schon mal was, jedoch nicht zu vergessen: Das Rezept für die Thrombosespritzen müsse ich mitnehmen. Ich schaute nur verdutzt und meinte, das hätte ich schon, wie viele Spritzen ich denn nehmen müsse? Damit war das Thema Spritzen durch und ich wartete geduldig auf meinen nächsten Kontrolltermin.

Woche 1

Die Woche verging und ich war gespannt auf meinen kommenden Termin. Trotz Terminvergabe klappt es mit den vereinbarten Zeiten nicht immer so, wie man sich das vielleicht vorstellt oder wünscht. Man darf nicht vergessen: Es ist eine Notaufnahme, so dass jeder Notfall, der mit Krankenwagen oder auch so hereinkommt, natürlich Vorrang hat. An diesem Morgen ist es schon im Wartebereich auf den Stühlen sehr gut besetzt und die Schlange der Wartenden für die Anmeldung beläuft sich bestimmt auf 7-8 Personen. Doch dann – nach langen 60 Minuten oder sagen wir nach nur 1 Stunde, wird mein Name aufgerufen und ich folge in eines der Behandlungszimmer.

Dr. Sören Ekström, ein junger Arzt mit kurzen blonden, streng zurück gegelten Haaren, sehr dynamisch, jedoch einem ernsten – sehr ernsten Gesicht - ohne auch nur ein leichtes Lächeln, begrüßt mich und schaut sich die Verletzung an. Er erklärt mir, dass ich mit der Schiene den Fuß belasten und nächste Woche zum Nachgucken wieder kommen soll. Nochmaliges Röntgen sei im Moment nicht nötig. So verlasse ich das Krankenhaus und hoffe, dass die 1 Woche schnell vergeht und erwartungsvoll freue ich mich auf den Wiedervorstellungstermin. Denn dann wird bestimmt alles besser.

Woche 2

Es ist nicht leicht, mit Krücken und so gut wie keiner Belastungserlaubnis zu Hause in den 1. Stock zu kommen. Doch auch da wird man sehr erfinderisch. Am Anfang hoppelt man rückwärts die Treppen auf dem Po hoch. Nach und nach lernt man die Krücken einzusetzen, um sich mit derer Hilfe an den Treppen hoch- und runter zu hangeln. Mit der Zeit wird es schon routinierter! Sinnig ist es, zwei Krücken oben an der Korridortür und zwei Krücken an der Haustür bereit stehen zu haben. Jedes Kilo, was zu viel ist, - nein jedes Gramm - wird verflucht, denn das muss auch „hochgeschleppt" werden. Durch die Krücken ist man fest an das Haus bzw. die Wohnung gefesselt, so das einem nichts anderes übrig bleibt, als das gute Sommerwetter mit strahlend blauem Himmel und Sonne pur zu nutzen und sich ein Lager auf dem Balkon herzurichten bzw. herrichten zu lassen. Dazu ein gutes Buch bringen zu lassen und noch einen leckeren Latte Macchiato zu bestellen. Wären nicht die Schmerzen, die unangenehme Haltung auf dem Stuhl oder auch mal auf der Liege und das zwischenzeitliche Einschlafen des Pos, würde es sich so gut aushalten lassen.

Ein unüberwindbarer Berg steht vor einem, sobald sich die Blase meldet und man auch noch dringend und schnell auf die Toilette muss. Dies muss alles rechtzeitig einkalkuliert werden, denn auch das kann und muss man meistern, es braucht nur viel Zeit, aber die ist ja reiiiiichlich vorhanden. Denn es ist nicht einfach, mal schnell zur Toilette zu gehen und diesen Ort wieder schnellstmöglich zu verlassen. Nein, ganz und gar nicht. Man stelle sich vor: Mit zwei Krücken humpele ich den Weg zur Toilette. Dort angekommen, muss die Tür geöffnet werden, rein humpeln und dann kommt die Überlegung, wie man am besten und schmerzfrei, ohne den Boden mit dem linken Fuß zu berühren, auf die Toilette kommt. Sehr mühsam, alles wie in Zeitlupe und verlangsamt, klappt es, sich zu setzen und auch das Abputzen zu meistern. Natürlich muss die Kleidung wieder geordnet werden. Händewaschen – einbeinig stehend – wird trotz aller Schwierigkeit und Umständlichkeit – auf keinen Fall vergessen und der Weg zur Tür und das Hinaustreten wird als nächste Hürde ebenfalls genommen. Sicher, ein Schmunzeln kommt einem bei diesem Gedanken ins Gesicht, doch in diesem Moment war mir ganz und gar nicht zum Schmunzeln. Aber selbst über einen Toilettengang konnte ich mich amüsieren, weil er immer mit Problemen zusammenhing, die beseitigt werden müssen und auch gelöst werden können. Alles eben nur mit viel mehr Zeitaufwand!

Diese Woche ging herum mit Lesen, Telefonieren, Lesen, Telefonieren, einfach nur Ausruhen und Nichts machen. Wohl bedacht, dass die Telefone immer und allzeit aufgeladen sind und auch stets auf ihrem festen Standort stehen. Sonnenbrand inklusive, denn es war ein sehr heißer Sommertag und auch ein Nickerchen - ohne den entsprechenden Sonnenschutz - hinterließ seine Spuren.

Wartezone

Woche 2 & 3

Schon leicht gebräunt geht es in die neue Woche. Mit positiver Einstellung wieder in der Wartezone, schlage ich geduldig mein mitgebrachtes Buch– aktueller Krimi und sehr spannend – auf, um die Wartezeit etwas kürzer erscheinen zu lassen. Richtig zum Lesen kommt man nicht, denn die Ablenkung ist vorprogrammiert. Sobald die Zwischentür aufgeht, schaut man automatisch hin, es kommt ein neuer Fall herein und die Neugier ist stärker, als in seinem Buch weiter zu lesen. Hier mal eine Oma, ich glaube, noch im Nachtgewand, mit abstehenden und verwuschelten Haaren und blauen Flecken und Schürfwunden im Gesicht und an den Armen übersät. Dann ein Handwerker, der sich die Finger teilweise abgeschnitten hat und sehr stark durch den notdürftig angelegten Übergangs-Verband blutet. Dann noch ein Kleinkind: ach ein putziges süßes Mädchen mit langen schwarzen lockigen Haaren und Stupsnase. Jedoch beide Knie offen und auch die Hände sind von einem Sturz aufgeschrubbt. Sie weint jämmerlich und herzzerreißend. Jeder der Patienten hier hat so sein Päckchen zu tragen und jeder seine eigene Geschichte! Dann kommt der rettende Gedanke einer Mit-Patientin: Sie habe Durst und wolle was zu Trinken gegenüber aus der Cafeteria kaufen und fragt nach, wem sie etwas mitbringen solle. Das ist prima, denn heute ist es auch ein herrlicher, schon heißer, Sommertag. Das Angebot nehme ich gerne an und bestelle mir ein Wasser. Ich genieße bei dieser Wärme das nicht wirklich billige, aber leckere und erfrischende Wasser mit jedem Schluck. Endlich, nach heutigen langen 3 Stunden Wartezeit höre ich dann doch noch meinen Nachnamen. Ja, es ist wirklich mein Nachname! Ohne Zweifel und ich versuche so gut es geht, nachdem ich das Buch eingesteckt und die Handtasche umgehängt habe, aufzustehen, nehme meine Krücken, und humpele, wie gehabt, in das genannte Behandlungszimmer. *Nicht wirklich schnell, denn schnell geht bei mir - seit dem Sturz - nichts mehr. Geduld und sich Zeit lassen, werden zu den besten Freunden, die einem stets treu begleiten und einem weiterhin an den Fersen haften bleiben.* Nach der fast obligatorischen ½ Stunde Wartezeit klopft es und es erscheint Herr Dr. Augapfel (ein netter sympathischer Arzt, nicht groß, mit dunklem kurzen Haar, sehr gepflegt und sein Poloshirt ist gebügelt!), der sich mit Handschlag vorstellt – was nicht selbstverständlich ist - und mir erklärt, der Chefarzt habe sich mein voriges Röntgenbild angesehen, ein erneutes Röntgen sei nicht notwendig. Ach ja, dann noch zum Thema Rezept: Der nette Arzt erklärte mir, dass ich ein Rezept für die Thrombose-Spritzen, ebenso für Schmerzmittel und Magentabletten brauche.

Nun fragte ich nach, ob er wisse, welche Patientin vor ihm stehe und wer ich sei, denn er sei nun der dritte Arzt in dieser kurzen Zeit, der mir Thrombose-Spritzen verschreiben will. Bei einer täglichen Dosis von nur einer Spritze kam mir diese Verordnung nun doch zu viel vor. Die Spritzenverordnung war damit endgültig geklärt. Jeder kann sich denken, was nun folgt: Ja, richtig: Wiedervorstellung nächste Woche und man werde dann wegen der Schmerzen sehen. Dann könne eventuell ein

MRT (bedeutet: Magnetresonanztomo-graphie/Schnittbilder, Quelle: wikipedia) gemacht werden, jetzt sei es dazu noch zu früh. Für eine eventuelle Operation reiche dieser Zeitrahmen aus. *„Schöne Aussichten" denke ich so bei mir, aber die Hoffnung stirbt bekanntlich zuletzt.* Zum Thema Spritzen sei gesagt, die müssen in den Bauch hineingegeben werden. Für mich schon ein Problem, da ich Spritzen überhaupt nicht leiden kann (obwohl ich regelmäßig zur Blutspende gehe) und nun muss ich mir jeden Tag eine verabreichen. Am Anfang war meine Alexandra bereit, sie mir zu geben. Doch dann habe ich überlegt, ob ich es selbst versuche. Man kann sich besser auf den Stich bzw. Schmerz einstellen. Überlegt und getan. Also verabreichte ich mir jeden Tag die Spritze und mein Bauch hatte schnell viele grüne, gelbe und lila Flecken (fast schon wie ein Regenbogen). Ich wusste nicht mehr, welche Einstichstelle ich nehme sollte, aber es gibt noch den Oberschenkel bzw. zwei davon zur Auswahl. Nach Abklingen der Verfärbungen konnte ich den Bauch abermals für die weiteren Thrombose-Spritzen benutzen.

Wetter

Seit meinem Sturz sind nun zwei Wochen vergangen. Ich beginne das nächste neue Buch zu lesen. Wie schön, liebe Freundinnen und auch Arbeitskolleginnen zu haben, die einem in dieser trostlosen Zeit mit Lesestoff treu versorgen. Man hofft auf baldige Besserung, um den ganz normalen Alltag bald wieder bestreiten zu können. Sich alleine bewegen zu können und vor allem der Wunsch, auf niemanden angewiesen zu sein, ist stärker, als sich Gedanken über einen kommenden guten oder schlechten Sommer machen zu müssen. Mir ist das Wetter generell schon wichtig. Ich höre gern die Wetternachrichten oder schaue im Internet nach, um zu wissen, welche Kleidung passt oder auch was man sich im Freien vornehmen kann. Meine Kinder sagen schon immer: „Mama, die Wetterfee". Sie haben für mich eine Wetterkarte gebastelt, die ich täglich selbst einstellen kann und somit das aktuelle Wetter vor Ort habe. Aber in dem Moment der Unselbstständigkeit ist mir das Wetter zu dieser Zeit wirklich schnurzegal. Uninteressant, ob Sonne, Regen oder Sturm gemeldet wird. Ich kann mich kaum gescheit fortbewegen, geschweige denn, irgendwie wettergemäß entsprechend anziehen. Das Thema Hosen, Strümpfe und Schuhe ist für mich zu dieser Zeit ein Problem, da nicht jede Hose über diese Schiene geht. Selbst die Strümpfe rollen nicht über meinen immer noch dick geschwollenen und zwischenzeitlich grün-blau-violett verfärbten Fuß. Schuhe sind auch völlig ausgeschlossen, denn es passt keiner mehr. Die Strümpfe schneidet man hilfsweise am Bund zur Lockerung auf. Sicher, die selbstgestrickten Strümpfe von der Mutter meiner Freundin Sabine (auf Sabine komme ich später nochmal näher zu sprechen) weiß ich in dieser Situation erst richtig zu schätzen. Die Strümpfe halten warm, doch bei Regen hat man keine Chance und ist regelrecht verloren. Bei der Hosenauswahl greife ich zur bequemen Kurzen oder es genügt ein locker geschnittener Home-Dress-Look, das heißt zu Deutsch: bequeme Schlabberkleidung. Auch hier sind der Phantasie und Durchführung keine Grenzen gesetzt.

Die Selbstständigkeit, die vorher gegeben war und wodurch der Alltag locker gemeistert wurde, fehlt einem von Tag zu Tag mehr. Es wird mir bewusst, was es heißt, nicht alles mal schnell und nur zwischendurch erledigen zu können.

Selbst der Weg von der Couch zum Balkon, welcher keine 3 m geradeaus beträgt, mit kleinem Täschchen an die Krücke gehängt, wird beschwerlich und ist nicht lustig, auch wenn es bildlich so erscheint.

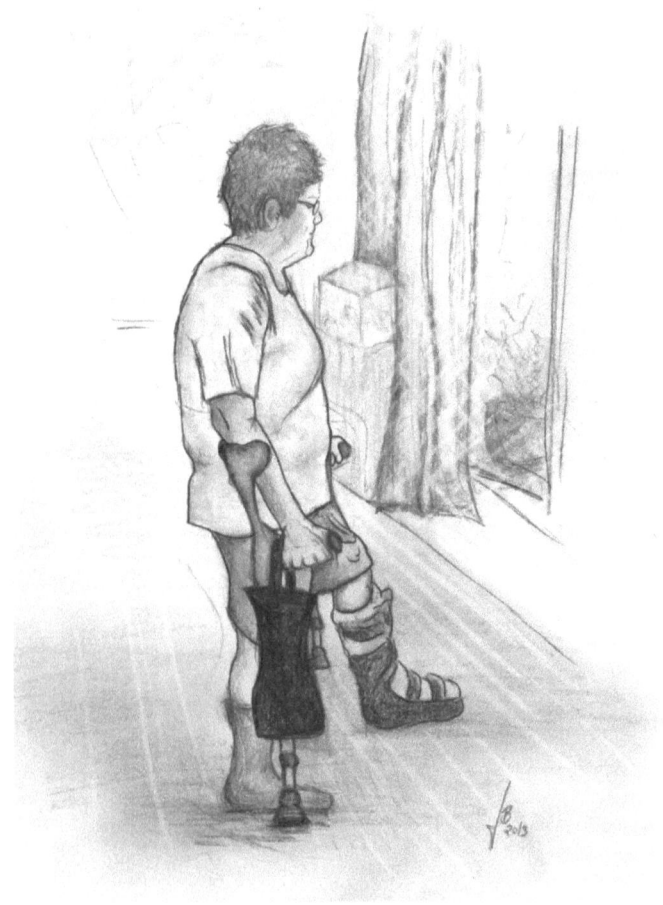

Die Wasserflasche und auch das neue Buch muss transportiert werden, natürlich die Kommunikation über das Telefon darf auf keinen Fall vergessen werden. Die Dinge werden nacheinander vorsichtig, um nicht über die Stufe zum Balkon hin zu stolpern, nach draußen befördert. Alles mit einem Weg zu bewältigen, daran ist gar nicht zu denken! Doch für mich ist das eine Aufgabe, die den Tag nicht zu lange wirken lässt, denn Zeit ist genügend vorhanden und so humpele ich zwei oder gar dreimal hin und her, bis ich zu meinem Lager nach draußen gelange. Die beliebte Kaffeepause am Mittag ist nur ein Wunschgedanke. Jeglicher Versuch, diesen zu verwirklichen scheitert, da der Kaffee nicht von der Küche zum Balkon oder in ein anderes Zimmer transportiert werden kann. Die Zubereitung kann gerade noch bewältigt werden, aber dann ist dieser noch lange nicht auf dem gewünschten Standplatz. Es bleibt einem nichts anderes übrig, als auf Besuch zu hoffen oder die Tochter aus der Schule sehnsüchtig zu erwarten. Wenn beides an diesem Tag nicht verwirklicht werden kann, bleibt die Hoffnung auf den geliebten Ehemann, der heimkommt und sich rührend darum kümmert.

Schwestern

Und wieder ist eine Woche vorüber. Mit neuem Mut und Hoffnung auf positive Ergebnisse, erscheine ich zum Termin. Die bekannten Abläufe kenne ich aus dem FF: Anmelden bei den netten Schwestern. Nein, dies meine ich nicht ironisch, sondern ernst: Die Schwestern bzw. Arzthelferinnen sind nett. Nein, ich kann sogar von sehr nett sprechen, was bei so manchen Patienten wirklich bewundernswert ist. Leider muss man hier anmerken, dass in unserer heutigen schnelllebigen Zeit Kritik, Nörgeleien, auch Tadel und Unzufriedenheit vorschnell geäußert werden. Ein freundliches Grüßen bzw. Verabschieden, Dank oder auch nettes Entgegenkommen sind eher die Seltenheit bei Patienten in der Wartezone. Die Schwestern bleiben nett, selbst wenn Patienten 1001 Fragen stellen, auch wenn sie noch so nervenaufreibend sowie anstrengend sind. Nett und zuvorkommend zu sein, wenn die Patienten die Ungeduld in Person sind und teilweise in ihrem Verhalten einfach nur widerlich. Das ist zu bewundern und wird oft nicht geschätzt. Deshalb zeige ich auch Verständnis für die teilweise langen Wartezeiten, jeder Mensch hat nur zwei Hände oder sagen wir 10 Finger (hört sich mehr an) und kann nur nacheinander seine Arbeiten erledigen. Aber dies wird oft nicht so wahrgenommen und jeder möchte der Erste sein oder das Ego ist größer als die Rück- bzw. Nachsicht. Ich habe die Abläufe verfolgen können und ich kenne die Angestellten und auch Ärzte, die dort ihren Dienst verrichten nach meinem häufigen und regelmäßigem Erscheinen bestimmt alle. Da gibt es die kleine quirlige flotte Bernadette, deren Pferdezopf immer kess hin und her wippt, die lächelnd witzig ist und immer einen Spruch parat hat. Dann die große, schmale - ernstere Natalie - mit streng zurück gekämmtem blondem Haar. Nicht zu vergessen: Rosemarie, die mir treu von Anfang an zur Seite stand. Perfekt frisiert, gut geschminkt und gekleidet, nicht wirklich klein, auch keine direkten Model-Maße, aber immer lächelnd und zuvorkommend. Selbst bei diesem stressigen Beruf ist sie für einen Spaß zu haben. Ach ja, Susi ist auch noch da, die Kleine mit den kurz gewellten dunkelblonden Haaren, stets organisiert, ein leichtes Lächeln ab und zu, dazu nettes Auftreten und auch immer ein freundlicher Umgang mit den Patienten. Emsig sind sie alle und verrichten abwechselnd nach Diensteinteilung gewissenhaft ihren Dienst. So warte ich also an diesem Tag auf das Aufrufen meines Namens. Heute waren es wieder mal 180 Minuten (ja richtig: umgerechnet waren das ganze 3 Stunden!), die auch irgendwie vorüber gingen, denn die Zeit bleibt bekanntlich nicht stehen. Zwischendurch werde ich als Zeittröster in Anspruch genommen. Denn ein älterer Herr, der sehr ungeduldig ist und nach nur einer ½Stunde nachfragt: „Wie lange hier das alles denn noch dauern würde, wie lange er denn noch warten müsse und endlich an der Reihe sei?" erwidere ich mit meinem freundlichsten Lächeln an diesem Morgen: "½ Stunde Wartezeit ist doch noch nicht wirklich lange. Hier müssen Sie schon mal mit 2 bzw. 3 Stunden rechnen!". „WAS?" empört er sich daraufhin. Ich erwidere nichts mehr, aber seine Frau gießt noch Öl ins Feuer, indem sie laut und unüberhörbar betont: „Aber wir sind doch Privatversicherte". Na prima! Das brauchte man an diesem

Morgen auch noch, so eine Dreistigkeit, die sich manche Menschen rausnehmen. Nur weil man privat versichert ist, möchte man der Warterei entgehen und als Nächster drankommen. Jeder, der sich hier einfindet, hat Beschwerden. Der eine stärker, der andere weniger. Aber alle haben das gleiche Bedürfnis: Sie müssen einen Arzt aufsuchen, das heißt, den diensthabenden Arzt in Anspruch nehmen und da müsste man doch annehmen, dass genügend Zeit vorhanden ist. Ansonsten kann es doch nicht wirklich so dringend sein, dass man zur Notaufnahme kommt, oder? Diese Äußerung des Herrn wurde von keinem wirklich für sehr wichtig genommen, auch die Schwestern gingen ihrem gewohnten Ablauf mit Aufrufen und Hineinbitten der Patienten, Verbandswechsel oder Begleiten zur Toilette, nach. Die anderen Mitpatienten hatten nur das Gesicht verzogen, jedoch keiner erwiderte etwas und so musste auch das ältere Ehepaar auf seinen Aufruf warten.

Endlich wurde mein Name aufgerufen: Ich begab mich in den Behandlungsraum und wartete, bis ein Arzt oder auch Ärztin für mich heute Zeit hatte. Klar, die obligatorische ½ Stunde wurde mindestens eingehalten und Herr Dr. Ekström kam herein. Er begrüßte mich, fragte, wie es mir ginge, schaute sich den Fuß an und erklärte mir, dass alles besser werden würde, sobald ich meine Krücken weglasse! Ich solle laufen und belasten. Ich erwiderte, dass ich das nicht könne, da es so schmerze. Ach ja, ich solle zur Blutabnahme, um eine eventuelle Thrombose ausschließen zu können. Das Ergebnis wäre in ½ Stunde dann da und danach treffen wir uns noch einmal zur Besprechung. So hatte ich Zeit, mich in das Café zu setzen, um mir einen Latte Macchiato zu bestellen, der mir dann freundlicherweise gebracht wurde oder um genau zu sein: gebracht werden musste. In solchen Situationen wurde mir erst wieder richtig bewusst, welche Dinge wir heute alltäglich verrichten und ausführen, ohne auf andere angewiesen zu sein und sei es auch nur für einen kleinen Moment der Ruhe, um einen Café zu trinken. So suchte ich mir einen Tisch aus, an dem ich alleine sitzen konnte und die Krücken an die Seite stellte. Dort fielen sie mindestens zweimal laut krachend auf den Boden, bis sie endlich stehen blieben und ich konnte mich meinem nun bereits dritten Buch widmen. Manch einer wird denken: Ruhe, Zeit und Bücherlesen, dafür war doch in den letzten 3 Wochen genügend Gelegenheit vorhanden. Jedoch ist die Zeit ein dehnbarer Begriff. Arzttermine standen weiterhin auf dem Programm und die Schmerzen blieben nicht einfach aus. Sie waren da, spürbar anwesend und begleiteten mich über den Tag. Deshalb schlürfte ich genüsslich meinen Latte und vertiefte mich in mein Buch, bevor ich den Weg auf die Toilette ansteuerte. Humpelnd und langsam, kam ich an die besagte Tür. So, da stand ich nun, Tür geht nach außen auf, beidseitig Krücken mit umgehängter Handtasche und musste dort hinein. Man wird alltäglich immer vor neue, fast unüberwindbar erscheinende Hindernisse gestellt, und sei es nur die Toilettentür. Aber auch dies habe ich humpelnd geschafft - die Tür zu öffnen und hineinzugehen und mit viel Glück auch wieder unbeschadet herauszutreten.

Humpelnd, aber mit einem leckeren Latte Macchiato gestärkt, ging ich in die Wartezone zurück, meldete mich erneut an und wartete auf meinen Namensaufruf. Dieser erfolgte nach 1 Stunde. In dem genannten Raum bestätigte mir der Arzt, dass keine Thrombose vorliege. Na, das war doch schon mal etwas Positives. Ich erlaubte mir die Nachfrage nach dem MRT, welches der Arzt letzte Woche angesprochen hatte. Dies hielt er nicht für notwendig. Nun gut, daraufhin sagte ich ihm, dass wohl jeder Arzt etwas anderes sage und ich nur das wiedergeben könne, was letzte Woche mir gegenüber erwähnt wurde. Ja, ja, es sei schon gut, ich würde mein MRT bekommen, er werde einen Termin dafür ausmachen. Ich hörte, dass eine zweite Person hinzukam und es erschien ein weiterer Arzt. Dr. - Weiß ich nicht – da ich das Namensschild in diesem Moment nicht lesen konnte. Herr Dr. Ekström erklärte dem Arzt noch vor dem Hereintreten, die Patientin – also ich – hätte wohl was falsch verstanden. Ja, ja, so ist man schnell fertig und gut entschuldigt. Der neu hinzugekommene Arzt fragte mich, welches Problem bestehe. Ich gab die Geschichte in kurzen Worten wieder, und er erwiderte, dass ein MRT gemacht werde und man müsse abwarten, wie das Ergebnis ausfalle. Der Arzt teilte mir den MRT-Untersuchungs-Termin mit. So verließ ich die Notaufnahme und war gespannt auf die – schon in 2 Tagen - kommende Untersuchung und freute mich regelrecht auf diesen Termin. *Denn die Hoffnung auf ein positives Ergebnis und baldige Genesung ist immer mein Begleiter.*

Dann war es soweit: *Mein* MRT-Termin! Trotz Termin wurde ich nach der Anmeldung erst ganze 40 Minuten später aufgerufen und musste anschließend in der Wartezone erneut Platz nehmen, um das Ergebnis zu erfahren. Nach einer Wartezeit von wieder mal 160 Minuten - umgerechnet auch wieder volle 2 Stunden und 40 Minuten - waren die Bilder vom MRT endlich in der Anmeldung angekommen. Das heißt, sie wurden von dem einen PC auf den anderen geschickt und ich konnte dann nach nur zehn Minuten in das Arztzimmer zur Besprechung eintreten. Der Arzt, dessen Namen ich beim ersten Gespräch nicht hatte sehen können, war es, der mir die Hiobsbotschaft überbringen musste. Nun konnte ich auch das Schild lesen und so war es für mich angenehmer, zu wissen, mit wem ich es zu tun hatte. So trat Dr. Humboldt (auch hier ein wirklich netter, direkter Arzt - mit Brille umrandet von dunklem, lockigen etwas längerem Haar- Lächeln und sympathische Ausstrahlung – bei dem Hemd fehlten jedoch die Bügelfalten bzw. das Bügeln überhaupt) herein und begann mit einer Erklärung: Die Leute, die früher *schlechte* Nachrichten überbracht hätten, habe man geköpft, aber das solle ich doch lassen, da er alleine Dienst habe. Erst musste ich lächeln, doch mir wurde der Ernst der Lage bewusst und so fragte ich nach, was denn vorliege und er erklärte mir, dass sich leider durch das MRT herausgestellt habe, es sei die Syndesmose (Das Syndesmoseband ist ein stabilisierendes Element im oberen Sprunggelenk. Es besteht aus einem vorderen und hinteren Teil und verbindet Schien- und Wadenbein. Das Syndesmoseband wirkt wie ein Scharnier, welches ermöglicht, den Fuß nach links und rechts oder nach oben und unten zu kippen. Quelle: www.netzathleten.de) gerissen. „Ach ja", bemerkte ich mit eisiger Stimme: „wie gut, dass ein MRT gemacht wurde!" Er antwortete: „Na ja, man könne nicht immer die Dinge nur äußerlich erkennen und so ist es für die Patienten von Vorteil, dass es heute MRT gebe usw. usw.

So nahm das Gespräch seinen Verlauf und ich erkundigte mich nach dem Fortgang der Behandlung. Was nun zu tun sei *und und und? 1000 Gedanken gingen mir durch den Kopf. Kein Gedanke lässt sich lange genug fassen, um ihn zu Ende zu denken.* Ich hatte auf ein besseres MRT-Ergebnis gehofft, jedoch diese Hoffnung ist wie eine Seifenblase geplatzt oder wie ein Luftballon, den man mit einer Nadel anpickst. Ruck- zuck musste ich der Wahrheit ins Auge sehen. In solch einer Situation hätte ich nicht erklären können, welches Ergebnis ich wirklich erwartet hatte. Denn ich bin kein Arzt, nur ein Laie und habe von alledem wirklich keine, absolut keine Ahnung. Als durchaus positiver und lebensbejahender Mensch sieht man auch in solch prickligen Momenten das Positive der Dinge, auf keinen Fall möchte man Verschlechterungen hören. Im Anschluss an das nun doch eher ungünstig ausfallende Ergebnis des MRT, erklärte mir der nette und geduldige Arzt, dass operiert werden müsse. Dabei würden zwei Stellschrauben eingesetzt und nach 6 Wochen wieder entfernt. Die Operation sollte bald vorgenommen werden, da nun schon fast 2 ½ Wochen seit dem Sturz vergangen seien. Ich fragte, geschockt, irgendwie total neben mir stehend (wie in einem schlechten Traum, wo man schnell aufwachen will, um das Geträumte wieder zu vergessen), wann das geschehen solle und hörte nur die Antwort: „Morgen! Ja, morgen, da könnte ich Sie noch mit rein nehmen". „Ja, klar, den Termin nehme ich sofort, umso eher, desto besser" antwortete ich doch etwas zurückhaltender, denn ich war total aufgewühlt. Wiederum wollte ich das alles hinter mich bringen! Natürlich interessierte mich auch, wie es nach der Operation weiterginge.

Es gab keine Chance, dieser Misere hier zu entkommen, einfach wegzurennen oder so zu tun, als ob mich diese Geschichte nicht betrifft. Es gab auch kein: Das geht mich alles gar nichts an. Es war von diesen im Kopf kreisenden Gedanken nichts realistisch durchzusetzen. Ich konnte kaum laufen, geschweige denn, mich irgendwohin „schnell" verdrücken.

So erhielt ich eine wahrheitsgemäße Antwort, die zu verdauen war: Nach der Operation darf ich 6 Wochen lang keine Belastung auf dem Fuß (das heißt, nicht den Boden berühren!) haben, also mich nur mit Krücken fortbewegen. Nochmals zur Verdeutlichung: volle ganze 6 Wochen! Das war doch mehr als ein Monat und kann sich sooo in die Länge ziehen….Danach folge das Entfernen der Schrauben und ich könne den Fuß sodann wieder teilweise bzw. voll belasten!

Ich war trotz dieser Nachricht guter Dinge und dachte mir: Also, weitere 6 Wochen durchhalten, aber dann, ja dann wird bzw. ist alles gut. Danach kann ich meinen Alltag wie gewohnt leben ohne Schmerzen und auch alleine ohne Einschränkungen mich selbstständig bewegen und vor allem wieder meinem Beruf nachgehen.

Weitere Erklärungen des Arztes folgten. Ich solle mich am folgenden Tag um 7.00 Uhr nüchtern auf der Station melden, evtl. für eine Übernachtung entsprechende Utensilien mitbringen. Ob noch weitere Fragen bestünden, wollte Herr Dr. Humboldt wissen. Ich erwiderte ihm, dass ich bestimmt noch Fragen hätte, aber im Moment nicht dazu in der Lage sei, da ich mit solch einem Ergebnis nun wirklich nicht gerechnet hätte. „Gut", dann könne ich zum Narkose-Gespräch in den 1. Stock gehen, aber nur mit Krücken, da ich keinerlei Belastung auf meinem Fuß habe dürfe. Wo meine Krücken wären, wollte der gute Doc wissen. Darüber konnte ich nur – fast feuerspeiend – lächeln verneinen, da sein Kollege mir 2 Tage zuvor die Krücken abgesprochen hatte und ich zur Besserung ohne Krücken laufen, also den Fuß belasten sollte. Im Anschluss an unser Gespräch folgten noch die Blutabnahme und das EKG, danach das Gespräch mit der Anästhesistin. Dazu wurde ich in einem Rollstuhl per Schwester in den I. Stock gebracht. Zur Beachtung: in einem Rollstuhl! Ich musste mir ein herzhaftes lautes Lachen verkneifen, ansonsten wäre ich vielleicht in eine andere Abteilung - die man auch Psychiatrie nennt - gebracht worden. Dies wollte ich nun aber wirklich vermeiden, denn mir war eigentlich gar nicht zum Lachen zu Mute.

Ich hatte Angst bekommen! Pure nackte Angst, die über mich kam: eine Operation mit allem drum und dran. Für mich keine kleine Sache zwischendurch.

Mir wurde übel und gleichzeitig heiß und kalt. Meine Gedanken überschlugen sich und ich war emotional total aufgewühlt. Schließlich mussten die eingesetzten Schrauben auch wieder raus! Das ist für mich nicht der wirkliche Alltag und bereitet mir Gedankensausen und unruhige Nächte, wovon ich nur eine zur Auswahl hatte. Denn meine OP stand für den darauffolgenden Tag auf dem Kalender. Ich traf auf eine nette, sehr zuvorkommende und verständnisvolle Anästhesie-Ärztin: klein mit wilden schwarzen Locken, sehr gepflegt und das Narkose-Gespräch verlief zweckmäßig. Es wurden alle nötigen Fragen und Antworten im Operations-Bogen eingetragen und man verabschiedete sich mit einem Wiedersehens-Gruß bis zum nächsten Morgen. Ich wartete vor der Tür auf eine Schwester, die mich abholen sollte. Da kam ein junger schlaksiger gutaussehender Mann (braune, nein schwarze Haare und ebenso dunkle Augen) mit einem Gruß auf den Lippen, die Treppe herunter. Ein Pfleger, von dem ich annahm, dass er mich abholen sollte. So rief ich ihm gleich ein freundliches „Hallo" zu und vermutete, er hole mich ab für die Notaufnahme. Er schaute etwas verdutzt, lächelte zurück und erklärte höflich, dass er mich nicht holen wolle, aber bestimmt gleich jemand kommen werde. So wartete ich auf die Schwester, die auch sehr zuvorkommend war und mich vorsichtig in das Erdgeschoss bugsierte. Unten angekommen, verständigte ich meinen Papa, der schon so oft in den vergangenen Wochen auf Abruf bereit war, um mich zu fahren bzw. abzuholen. So ging ich humpelnd – noch ganz benommen von den ganzen Informationen - nach draußen, setzte mich auf eine Bank und wollte mein Gedankenchaos sortieren. Dies gelang mir ganz und gar nicht, deshalb rief ich erst mal meinen Ehemann an und klärte ihn über den aktuellen Stand auf. Danach schaffte ich es, meinen Chef über den weiteren Fortgang zu informieren. Ich war mitgenommen, konnte nur mit Mühe alles erklären und es stand fest, dass ich erst einmal für die angesetzten 6 Wochen ausfallen würde.

Mein lieber Papa war dann eingetroffen und so fuhren wir nach Hause.

Zu Hause angekommen, hoppelte ich mit meinen Krücken und weiterhin ohne jegliche Belastung des Fußes in den I. Stock meiner Wohnung. Fix und fertig oben angekommen - alles ist sehr anstrengend - pitsch-nass geschwitzt und von der Informationsflut der Ärzte noch völlig benommen, musste ich irgendwie meine Utensilien zusammensuchen. Dazu gehören: Waschsachen, Nachthemd, Buch und natürlich meine gestrickten Strümpfe. Die Strümpfe sind mir sehr wichtig, da ich oft kalte Füße habe, ich hasse kalte Füße und es gibt nichts Schlimmeres als kalte Füße. Aber an gestrickten Strümpfen in verschiedenen Mustern und auch Farben mangelt es mir nicht, denn die Mutter meiner lieben Freundin Sabine versorgt mich gut mit eben diesen genannten Strümpfen. Sie strickt so schnell, wie andere sprechen oder Tennis spielen. Zu Sabine kann ich sagen: Sie ist groß gewachsen, schmal, hat lange dunkelblonde Haare und ist Brillenträgerin. Wir kennen uns auch durch die Kinder, das heißt, unsere Kinder haben gemeinsam einen Spielkreis besucht, welcher schon 13 Jahre zurückliegt! Wir treffen uns regelmäßig, nicht nur auf ein Käffchen, sondern auch mit unseren Männern sehen wir uns zu Geburtstagen, oder einfach mal zum gemütlichen Beisammensein oder bei gutem Essen.

Die Angst nahm immer mehr Besitz von mir. Meine Tochter Kristina war von der Schule nach Hause gekommen und ich erzählte ihr erst einmal den aktuellen Stand der Dinge. Mit ihr hatte ich eine geduldige Packerin meiner Sachen gefunden. Auch wenn ich nur für die eventuell eine Nacht im Krankenhaus diese benötigte, war es alleine mit Krücken nicht möglich, alles zusammenzupacken. Sicher, man möchte noch das eine oder andere erledigt haben, wenn man weiß, für eine Nacht ist man im Krankenhaus. In diesem Moment war aber keine Zeit mehr dafür vorhanden. Dann musste eben die Wäsche warten und meine Kinder konnten sich damit am nächsten Tag anfreunden. Die Spülmaschine oder all die anderen Dinge, die man gern erledigt sieht, mussten warten. Ich konnte mich soweit nützlich machen, indem ich wenigstens die getrocknete Wäsche auf der Couch - Füßchen hochgelegt - zusammenlegte. Das war es auch schon. Nichts mit mal schnell wegtragen und einräumen. Nee, das geht gar nicht!

Aber in meinem Hinterkopf surrt noch der weitere Gedanke, dass für mich weitere 6 Wochen hinzukommen, in denen man rein gar nichts machen kann. Dann bin ich komplett auf Krücken angewiesen und der Unterschied ist, dass ich dann zu nichts zu gebrauchen bin und die Selbständigkeit völlig dahin ist.

So setzte ich mich erst mal auf einen Stuhl, bedauerte mich teilweise selbst und fragte mich: „Warum muss mir das alles passieren?" Aber es half nichts. Da musste ich durch und auch das werde ich schon mit Unterstützung meiner lieben Familie und guten Freunden meistern. Dieser Tag ging zu Ende und ich humpelte irgendwann ins Bett, völlig aufgewühlt mit unzähligen Gedanken, Sorgen, Angst vor der Operation, aber auch Hoffnung auf Besserung. Doch irgendwann, spät nachts, ergab sich mein Körper dem Schlaf!

Aber auch mit dem Hinlegen und Schlafen ist es nicht so einfach. Die richtige Schlafposition muss erst einmal gefunden werden. Ich kann den Fuß nicht direkt ablegen, er schmerzt bei einer falschen Bewegung und so wird zig Mal ausprobiert, bis eine günstige Schlafposition gefunden wird. Denn der nächste Tag wird anstrengend und auch sehr aufregend für mich.

Schrauben

Mein liebster Papa fährt mich treu und pünktlich um 6.30 Uhr in das Krankenhaus. Pünktlich ist er bei diesen Terminen schon, obwohl es ihm sonst nicht immer gelingt, die Pünktlichkeit in Person zu sein. Aber man darf nicht vergessen: Er ist ein lieber älterer Papi und auch Opi, der von seinen Enkelinnen umgarnt wird. Doch an diesem Morgen wäre mir eine Verspätung seinerseits nur Recht gewesen: Mir ist so schlecht, obwohl ich gar nichts gegessen habe (musste ja nüchtern bleiben). Die Aufregung und Angst überkommen mich, denn ich weiß nicht wirklich, was auf mich zukommt und: wird auch alles klappen? Wird eine Teilnarkose reichen oder muss ich doch eine Vollnarkose bekommen? Meine größte Angst ist, dass ich nicht aufwache *oder oder"*. Aber die Zeit läuft immer weiter und so treffe ich pünktlich um 7.00 Uhr auf der Station ein und werde gleich von einer netten Schwester aufgenommen und Dr. Humboldt kommt hinzu und gibt mir noch die letzten Erklärungen.

Danach wird mir mein Zimmer gezeigt: mein Bett an der Fensterseite und auch der neue Schlaf-Dress für die OP (heiße weiße Netzunterhose und weiß-grün karierter Kittel mit Öffnung am Rücken) liegen für mich bereit.

So zog ich mich um, legte mich mit Buch ins Bett, jedoch lesen konnte ich keine Sekunde, denn meine Konzentration war gleich Null und so versuchte ich mit dem I-Pod meines Mannes, beruhigende Musik zu hören. Auch meine Lieblingsmusik half nicht, mir meine Angst und Aufregung zu nehmen. So nahm ich brav mein Schlaf-Tablettchen und wurde entsprechend müde. Kurz darauf kam die Krankenschwester und holte mich ab. Unten – im Operations-Bereich - angelangt, ging doch alles relativ schnell, die Narkose wirkte (ich bekam nur eine Spinalanästhesie, bedeutet: Standardverfahren der Anästhesie mit raschem Wirkeintritt und kompletter Schmerzausschaltung. Quelle: wikipedia). Ab der Taille wurde es taub, welches ein wirklich komisches Gefühl ist, die Operation wurde durchgeführt und nach dem Aufwachen im Aufwachraum wurde ich - irgendwann gegen Mittag - in mein Krankenzimmer zurückgebracht.

Ich sah einen dicken Verband an meinem Fuß und lag nun im Bett und harrte der Dinge.

Wie schön ist es, dass es Schmerzmittel gibt, so dass man nicht wirklich alles mitbekommt oder unnötige Schmerzen aushalten muss. Aber immerhin, es war ein Operations-Eingriff und die Wunde musste nun heilen. Mir wurde mitgeteilt, dass ich doch über Nacht bleiben solle - aufgrund der Narkose. Aber ich war nur müde, glücklich, dass ich alles soweit überstanden hatte und wollte einfach nur schlafen.

Es ist schon ungewohnt, wenn man seine Beine bewegen möchte und man merkt nichts. Eine neue Erfahrung, seine Beine zu sehen, den nicht operierten Fuß anheben zu wollen, aber man spürt nichts, als ob die Körperteile nicht zu einem gehören und doch fest dran sind.

Probleme eines WC-Besuchs kommen erst gar nicht auf, denn das Empfinden zur Toilette gehen zu müssen, ist ausgeschaltet. Lustig ist das ganz und gar nicht, man merkt nichts und für mich war es einfach zu spät und somit haben die Schwestern wieder nur Mehrarbeit und das ganze Bett musste abgezogen und auch wieder frisch bezogen werden. Trotz allem, jede der Krankenschwestern war nett und zuvorkommend. Das gibt es noch, auch wenn das viele nicht anerkennen. Keiner mag im Nassen liegen! Das sind auch die Situationen, wo ich meine geliebte Selbstständigkeit vermisse. Und hier geht es nur um einen ganz „normalen" alltäglichen Toilettengang.

Für mich ist der Schieber, wie die Toilettenpfanne auch genannt wird, mitunter das Schlimmste im Krankenhaus, was es gibt. Ich durfte nicht aufstehen, musste liegen bleiben, so dass mir nichts anderes übrig blieb. Natürlich hatte ich das Pech, nicht immer diesen Schieber zu treffen und so wiederholte sich der Vorgang des Bettenmachens. Einfach furchtbar! Am nächsten Morgen war Visite. Ein neuer Doc kam herein, fragte die Bettnachbarin, wie es ihr ginge und ich dachte, es sei der Physiotherapeut. Ein sehr schmaler, hagerer Mann, mit blonden dünnen Haaren, nettes Lächeln im Gesicht (Poloshirt zerknittert – also ungebügelt - jedoch zu diesem Zeitpunkt völlig unwichtig und trotzdem fiel es mir auf). Dann kam er an mein Bett, um sich über mein Befinden zu erkundigen. Ich antwortete, dass es schmerze, aber dies wohl normal sei und was denn genau gemacht worden sei? Er beantwortete dies mit einer Selbstverständlichkeit, als ob ich ihn kennen müsste, da er mir gestern im Operationssaal schon alles erklärt habe. Ich fragte nur, wer er sei und ups: das war mein Operateur: Dr. Klinge. Er erklärte mir, dass zwei Schrauben eingesetzt worden seien und dass ich an diesem Morgen nach Hause entlassen werden könne und in drei Tagen zum Verbandswechsel wieder kommen solle. Ich lachte und meinte, ich könne mich an das genaue Gespräch im Operations-Saal nicht erinnern, ich wisse ja nicht, was mir gegeben wurde, um mich „abzuschießen". Mit einem Lächeln verabschiedeten wir uns und mein Ehemann holte mich kurz darauf ab.

Woche 3 & 4

So war ich nun mit Schrauben und dickem Verband gewappnet zu Hause angelangt und es war noch schwieriger, ab diesem Zeitpunkt ganz ohne Belastung des Fußes mit den Krücken seinen Tagesablauf zu meistern. Irgendwie kam ich auch an diesem Tag in meine Wohnung, natürlich wieder fix und fertig! Als ich oben schnaufend und nass geschwitzt angekommen war, schwor ich mir: „Sobald es mir besser geht, nehme ich ab!" Das Gewicht hoch zu schleppen ist noch anstrengender, als es runter zu tragen, aber es nützt alles nichts: Ich musste einen guten Auf- und Abstieg an der Treppe finden. Das Wochenende, welches nun dazwischenlag bis zu meinem nächsten Verbandswechsel-Termin, war geprägt vom Humpeln von der Couch oder auf den Balkon und den Toilettengänge, die zeitlich gut einzuplanen waren. Auch das Lesen kam auf keinen Fall zu kurz.

Das Buch

Ich hatte mir den 1. Band des Buches, von dem die ganze Welt spricht, über Internet bestellt und begann, somit nun das 4. Buch in dieser Zeit zu lesen. Es heißt „Shades of Grey 1, Geheimes Verlangen" (in Deutsch Schatten von Grey, der die Hauptperson in diesem Roman spielt): Es geht darin um einen Mann, namens Christian Grey, ein selbstbewusster wie attraktiver Unternehmer, der Ana Steele in eine dunkle, gefährliche Welt der Liebe einführt – in eine Welt, vor der sie zurückschreckt und die sie doch mit unwiderstehlicher Kraft anzieht …

Ich mag Bücher mit über 600 Seiten gar nicht, jedoch in meinem Fall waren die kommenden 604 angemessen, da ich außer auf der Couch zu liegen oder auf dem Stuhl sitzen und Füßchen hochlegen, nichts machen konnte. Ich begann zu lesen und zu lesen. Sicher, es war ein interessantes Buch. Wie soll ich es erklären? Einfach mal was ganz anderes. Mein Interesse geht normalerweise in Richtung Krimis, Thriller, auch Biografien.

Das Wochenende war vorüber und mein Verbandswechsel-Termin stand an. Ich hatte mir nun das etwas andere Buch Teil 1 mitgenommen und begann zu lesen. Völlig vertieft in das Buch, stupste mich eine Frau an und fragte, was ich denn lesen würde. Oh nee, erwischt, ich begann zu stottern und sagte irgendetwas Unsinniges, obwohl dieses Buch als Roman eingestuft wird. „Einen Roman" hätte ich antworten können, aber das entfiel mir in diesem Augenblick. Anstatt dessen murmelte ich irgendetwas von „was Spannendes".

Irgendwie habe ich immer das Glück, nicht wirklich zum Lesen zu kommen. Die Dame ließ nicht locker und fing mit mir ein Gespräch an. So erklärte sie mir, dass ihr Mann sehr ungeduldig sei. Er sei auch gestürzt und das kenne er ja gar nicht, mal auszufallen oder nicht alles so erledigen zu können, wie er es gewohnt sei. Jetzt hier in der Notaufnahme zu sitzen, Wartezeiten zu haben und so einen Bandage-Schuh tragen zu müssen, dafür habe er überhaupt keine Geduld. Dies sind Dinge, die mich auch dringend (nicht) interessieren und aus Höflichkeit höre ich zu und nicke zur richtigen Zeit. Irgendwann kommt dann auch mein Name zum Aufrufen und ich gehe erleichtert - nach wieder mal 1,5 Stunden Wartezeit- in den genannten Raum.

Der nette Arzt, welchen ich für den Physiotherapeuten hielt, begrüßt mich und schaut sich meinen Fuß nach Verbandsabnahme an. Er erklärt mir eine Übung, die ich machen solle und nächste Woche können die Fäden gezogen werden.

Ich befolge den Rat und übe schön fleißig zu Hause, jedoch meine Schmerzen bleiben und der Fuß ist immer noch dick angeschwollen mit allen Farben, die man sich vorstellen kann. Was wiederum bedeutet: keine gescheiten Strümpfe anziehen bzw. an Schuhe gar nicht zu denken. Diese Woche ging herum. Zwischendurch besuchte mich meine liebe Freundin. Bettina: die große Blonde mit den kurzen Haaren. Schmal, gutaussehend ohne Brille (Frau von heute trägt Kontaktlinsen), passend geschminkt und immer sehr stilvoll gekleidet. Sie kam zum Kaffee und hat lecker Stückchen und einen schönen Blumenstock mitgebracht. Den Kaffee kochte Bettina, nachdem sie die dazu benötigten Sachen nach meinen Anweisungen in meiner Küche gefunden hatte und die Tassen und Teller von ihr nach draußen gebracht wurden. (Geht doch um einiges schneller, als wenn ich ein paar Mal mit meinem umgehängten Täschchen hin und her humpeln müsste). Anschließend verbrachten wir eine gemütliche Zeit auf dem Balkon. Die Sonne schien, ein herrlicher Tag für das Schwimmbad (doch daran brauchte ich erst mal nicht zu denken) und mein Füßchen konnte hochgelegt werden und ich wurde wieder für 2 Stunden abgelenkt. Das Wetter war sommerlich, ich schwitzte und ich sehnte mich nach einer „schnellen" Dusche am Abend. Duschen klappt mit Hocker und Hilfe eines Familienangehörigen.

Das Wort „schnell" muss ich für eine längere Zeit aus meinen Wort- und Gedankenschatz streichen. Es geht vieles, zwar umständlich, mit viel Zeitaufwendung, jedoch nicht schnell und zwischendurch. Ich muss mich damit arrangieren, denn nur Frust und Trübseligkeit bringen mich hier auch nicht weiter. So versuche ich bei allem, was ansteht, und noch auf mich zukommen wird, es mit Ruhe und Gelassenheit zu bewältigen.

„In der Ruhe liegt die Kraft" ist ein bedeutungsvoller Satz, der mich oft an meine Mutter denken lässt. Sie hatte die nötige Ruhe in allen Lebenslagen bewahrt und das war ihr Lebensspruch.

Der nächste Tag war mit einem Arztbesuch belegt. Fäden ziehen stand heute auf dem Kalender. Spannend, ob alles klappt bzw. auch nicht zu viele Schmerzen bereitet. Zugegeben, ich habe jetzt schon Verschiedenes mit mir machen lassen und auch überstanden. *Aber sind wir ehrlich: Allem was neu ist und was wir nicht kennen, treten wir ängstlich, vielleicht sogar sehr ängstlich gegenüber.* Die Wartezeit verkürzte sich heute auf 1 Stunde und nur 15 Minuten. Liegt für mich im grünen Bereich, denn Zeit habe ich reichlich und außerdem will ich den 1. Band des Romans fertig bekommen, denn der 2. Band erscheint Ende des Monats und ist schon bestellt.

Heute erscheint Dr. Klinge, der nette hagere Doc und kommt gleich zum Punkt des heutigen Anliegens. Er erklärt mir die Schere mit den hochstehenden Haken und nimmt die Pinzette dazu und schon sind die Fäden draußen. Schaut, ob die Wunde gut verheilt ist, reinigt sie und klebt ein Pflaster darauf. Weiter geht es wie zuvor: nächste Woche zur Wiedervorstellung. Ab diesem Tag erhalte ich auch das Rezept für die Physiotherapie, das ist für meine Beweglichkeit wichtig und notwendig. Die Thrombose-Spritzen muss ich weiterhin nehmen, solange ich mich mit Krücken fortbewegen muss und den Fuß nicht belasten darf.

Australien

An diesem Nachmittag besuchte mich meine Tante Annegret. Nicht nur um mich zu sehen, sondern auch, um sich von meiner großen Tochter Alexandra zu verabschieden. Annegret ist immer für mich da, wir telefonieren regelmäßig und manches Mal reicht eine halbe Stunde bei weitem nicht aus. Sie ist perfekt und gut gekleidet, hat blondes tip-top dauergewelltes frisiertes Haar und sie ist bei jedem Familienfest dabei. Verabschiedung von meiner großen Tochter? Dazu muss ich folgendes erklären: Alexandra geht für ein Jahr nach Australien und will die Welt kennenlernen. Dies ist eine lange Zeit und meine Tante wollte sich persönlich von ihr mit guten Wünschen verabschieden. Travel and Work (Reisen und arbeiten) heißt die Kombination, mit der sie durch das Land reist. Tja, es ist schon nicht einfach, wenn die Tochter für einen längeren Zeitraum in ein uns völlig fremdes Land fliegt, wo die gefährlichsten und giftigsten Tiere leben. Allein dieser Gedanke lässt Gänsehaut aufkommen, aber die Jugendlichen heutzutage sind unbefangen in neuen Dingen und kosten solche Ereignisse aus, solange sie die Zeit (und auch das Geld) dazu haben. Ich bewundere diese Unternehmungslust sehr, doch für mich wäre das auch in jungen Jahren nicht in Frage gekommen.

Natürlich war eine Abschiedsparty mit ca. 30 - 40 Personen zu planen, die drei Tage vor ihrem Abflug stattfinden sollte. Ausgerechnet an diesem Wochenende regnete es, der Wind zeigte sich von seiner schlechtesten Seite und kein Pavillon kam zum Stehen. So wurde auf Wetterbesserung gewartet und spät mittags wurden die Bänke, Tische und Pavillons aufgestellt. Auch Dekoration, Tischdecken, Teelichter usw. durften nicht fehlen, aber es waren genug Freunde und auch Verwandte zugegen, die fleißig geholfen haben. Selbst mein Papa stand mit Rat und Tat zur Seite, brachte entsprechende Seile zum Befestigen des Pavillons und Klebebänder sowie Haken und Gurte zum perfekten Gelingen. Bunte Lampions und Lichterketten rundeten das Ganze vollkommen ab. Ich selbst beobachtete alles von meinem Stuhl aus, helfen konnte ich nur mündlich mit Tipps und Deutereien. Wirklich schade, aber was nicht ist, ist eben nicht und es ging auch ohne mich und irgendwie klappt doch alles. Genügend Essen und Trinken war vorhanden und so wurde ein sehr schönes Abschiedsfest gefeiert. Hier möchte ich anmerken, dass ich mir meine Stimmung bei so einem Fest nicht verderben lasse. Ich habe nette Gespräche geführt und es gibt immer wieder schöne Momente mit lieben Menschen, auch wenn meine gegenwärtige Situation nicht danach aussieht.

Ende August

Woche 4 ½ & 5

Termine

Es kommen weitere Termine für mich hinzu. Die Krankengymnastik beginnt und so muss ich zusehen, dass ich für ½ Stunde in die nur eine Straße weiter entfernte Praxis komme. Aber mein treuer Papa hat sich seine Zeit als Rentner (die bekanntlich nie Zeit und keinen Feierabend haben) eingeteilt und so konnte ich pünktlich mit der Behandlung beginnen und auch wieder abgeholt werden.

Es bedarf einer genauen Planung, Organisation und völligem Vertrauen, wenn man die Selbständigkeit erst einmal verloren hat.

Dann sind noch die regelmäßigen Termine, die so alle 6 Wochen anfallen. Das beliebte Thema der Frau: Der Friseur- und auch Fußpflege-Termin! Jedoch mit Krücken ohne jegliche Belastung ist man da nicht mal irgendwo rein-gehuscht und eine halbe Stunde später geht man frisch frisiert wieder raus. Nein, überhaupt nicht zu bewältigen. Auch der Termin zur Fußpflege mit vorhandener Treppe in den ersten Stock ist für mich gedanklich zu streichen. Ich musste mir in dieser Zeit einen Home-Cut zulegen. Das heißt, ich habe mir eine Hausfriseurin gebucht, die meiner Unbeweglichkeit entgegenkam. Ebenso eine Fußpflege für den Hausbesuch Pünktlich zum Schneiden erschien mein Hausfriseur und kurz darauf - das war perfektes Timing - kam noch die Fußpflege hinzu. Ach ja, dies hört sich alles nach einem Wellness-Tag an. Einfach gut und entspannend. Aber das war er nicht annähernd. Durch die Krücken, Schmerzen und Unselbständigkeit kommen die positiven Wirkungen solcher Behandlungen nicht wirklich am Ziel an. Doch der Gedanke an eine neue hübsche und praktische Frisur für die heißen Sommertage und die gepflegten Füße lassen die Behandlungen zu einem guten Ende kommen. Ein gemeinsamer Kaffee in dieser Runde beendete meine sogenannten „Wellness-Stunden".

Abschied

Der Abflugtag und somit der Abschied von meiner großen Tochter kam näher und sie packte ihren Rucksack alleine, auch die Telefonate bezüglich Organisation, Flugtickets, Unterlagen und allem, was sie benötigte, meisterte sie mit links. Für mich war es schlimm, dass ich nur dabeisitzen oder -liegen und nicht helfen konnte. Aber was blieb mir anderes übrig, als gute Worte bereit zu halten? So fuhren wir mit der ganzen Familie an den Flughafen. Ihre Freunde trafen wir dort direkt an. Mein Mann hatte einen Rollstuhl für seine „gehbehinderte" Ehefrau besorgt und so konnte ich meine Tochter zum Flughafen begleiten und auch verabschieden. Als „Gehbehinderte" wird man schnell mit Herausforderungen konfrontiert. Das fängt schon bei der Toilettentür an. Mit dem Rollstuhl ist es noch schwieriger, selbst wenn Behindertentoiletten vorhanden sind, sich einen guten Weg hinein und auch wieder heraus zu bahnen. Ohne Begleitung ist dies fast unmöglich. Solche Schwierigkeiten werden bei der Planung und Durchführung dieser Einrichtungen nicht immer beachtet. Aber das habe ich bewältigt, mein lieber Stefan schob mich im Flughafengelände umher und dann ging meine Große den Gangway hinunter, wir winkten bis sie nicht mehr zu sehen war.

Dank der heutigen Technik mit Handy-Verbindung, „whatsapp" und auch „skypen" ist man nicht von der Welt abgeschnitten und denkt nicht an eine Trennung ohne jeglichen Kontakt. Briefkontakt ist heute völlig unnötig geworden und bei solchen Entfernungen nicht in Erwägung zu ziehen.

Die Woche ging relativ zügig vorbei, da viele Termine anstanden und die Zeit einem nicht so lang und unendlich erschien. Es stand noch ein Frauenarzt-Termin an, den ich alleine schon mal gar nicht hatte wahrnehmen können. Aber mein lieber Ehemann hatte Urlaub und so konnte er mich zum Arzt fahren. Sehr wichtig: In diesen Situationen nicht ständig einen Termin verschieben zu müssen. Vor allem, wenn man vereinbarte Termine ständig aufheben muss und keine wirkliche Ahnung hat, wann die Selbstständigkeit soweit hergestellt ist, um alleine mit dem Auto fahren zu können. Letztendlich habe ich diesen Termin nicht verschieben müssen. Es hat zwar alles etwas länger gedauert, jedoch gewöhnt man sich an viele neue Begebenheiten und ich habe das große Glück, dass ich einen sehr geduldigen und mitfühlenden Mann habe. Er meistert mit mir die Situationen, in denen ich manchmal nicht weiter weiß bzw. am Verzweifeln bin.

Auch die zugesagten Dienste wie die Versorgung der Tauben meines Vaters sowie die Überwachung der einen Schlange und der 13 Vogelspinnen meines Bruders (ach ja, einen Bruder habe ich auch: Er ist 1 1/2 Jahre jünger als ich, der ruhigste Typ von uns Dreien und schon leicht ergraut) konnte ich nicht einhalten. Die Zwei hatten Urlaub gebucht und mir machte es nichts aus, mich um diese Tiere, ebenso um die etwas außergewöhnlichen Haus-Tiere meines Bruders zu kümmern. Doch dieses Mal war ich verhindert und konnte auch hier nichts ausrichten. Aber alles lässt sich mit Familie und Freunden trotzdem regeln und doch durchführen. So versorgte die Tauben ein Freund meines Vaters und die Spinnenbetreuung übernahm auch noch mein Ehemann. Denn meine verlässliche Zusage und Gewissenhaftigkeit will ich auch in noch so aussichtslosen Situationen nicht aufgeben.

Dann stand der Arzt-Kontrolltermin im Krankenhaus an, jedoch mit einer Änderung bezüglich des Transportes. Denn ab diesem Tag hatte ich einen Krankentransport. Nein, kein großer Ambulanz- oder Krankenwagen. Es genügte ein Taxi, um mich vor der Haustür abzuholen und auch nach dem Termin wieder heimzufahren. So war ich die ständige –teilweise sehr nervige – Planung mit meinen privaten Fahrdiensten los. Ich musste keinen mehr bitte und nochmals nachhaken, ob und wann ich gefahren werden kann.

Dies sind Dinge, die einem in so Situationen ziemlich auf die Nerven gehen, denn meine Selbständigkeit fehlt mir sehr und das wird mir immer mehr bewusst.

So wurde ich mit dem Taxi zum Termin zur Wiedervorstellung gefahren. Es folgten die gleichen Abläufe, die bereits erwähnt wurden: Anmelden, in der Wartezone Platz nehmen und sich freuen, wenn der eigene Name zum Aufruf kommt. Heute begrüßte mich wieder Dr. Augapfel. Er schaute sich den Fuß an, gab mir ein Rezept für Schmerzmittel mit und bestellte mich jedoch erst in zwei Wochen wieder ein. So verließ ich mit den abgeholten Medikamenten das Krankenhausgelände und wurde umgehend vom Taxi nach Hause gefahren.

Zu Hause angekommen, wartete ich auf meine Freundin, Sabine, die mir den bestellten 2. Band der neuen Buchserie von meiner Lieblings-Buchhandlung abholen und vorbeibringen wollte. Wie schön, dass man gute Freundinnen hat. Somit konnten wir ein Kaffee-Päuschen einlegen und ein Schwätzchen halten. Das tut gut und ist enorm wichtig, wenn man, so wie ich zu dieser Zeit, von der Außenwelt abgeschnitten ist. Man möchte über die alltäglichen Neuigkeiten unterrichtet werden und nicht nur von Arztbesuchen erzählen. Jetzt hatte ich gleich zwei Wochen komplett am Stück, ohne einen Arzttermin wahr nehmen zu müssen. Klar, meine Krankengymnastik-Termine bestanden weiterhin, aber dies war immer nur eine halbe Stunde von einem ganzen Tag mit 24 Stunden. Nur gut, dass ich den 2. Band des Buches „Shades of Grey, gefährliche Liebe" zum Lesen mit nun 609 Seiten hatte.

Anfang September

Woche 6

Die Krankengymnastik-Termine brachten etwas Abwechslung in meinen tristen Alltag. An einem Morgen konnte mein Vater mich nicht fahren bzw. er hatte verschlafen. Oh je, nein! Da wird einem ganz heiß und kalt auf einmal. Was tun, wenn man einen Termin hat und nicht weg kann? Wie gut, dass man die nette Verwandtschaft in der Nachbarschaft wohnen hat. So rief ich meine Tante Marlies an, die immer sehr hilfsbereit ist. Sie ist selbst viel unterwegs und hat Termine, jedoch für einen leckeren Espresso und kleines (manchmal auch größeres) Schwätzchen finden wir immer Zeit. Doch an diesem Morgen war sie leider verhindert, aber wollte ihren Mann – meinen Onkel Gerdi – schicken. Er kam auch umgehend. Etwas mürrisch bemerkte er, dass dies ein sehr früher Termin sei und ich das nächste Mal vielleicht früher Bescheid geben solle. Manche Dinge sind einfach nicht vorhersehbar und auch nicht planbar. Deshalb war ich froh, dass er doch so spontan eingesprungen ist und ich den Termin trotz aller Umstände wahrnehmen konnte. Dies war eine Notsituation und ich wurde noch pünktlich bei der Krankengymnastik abgesetzt und auch wieder abgeholt.

Das kommende Wochenende verging ohne irgendetwas Nennenswertes, denn die Freunde und Verwandte wollen natürlich ihr Wochenende genießen und haben meist Familie, so dass diese eher die Woche über ihre Besuche tätigen, was auch völlig okay ist.

Freundinnen

Woche 7 & 8

Es kündigte sich Friderike, meine langjährige sehr gute Freundin an. Wir kennen uns seit der Geburt meiner jüngsten Tochter Kristina. Wir haben uns damals im Krankenhaus das erste Mal getroffen und lagen zusammen in einem Zimmer. Friderike ist groß, hat kurze – immer gut gestylte Haare – (der Gelhersteller braucht mehr solche Kunden...), ist „Straßen-Köter-blond", jedoch gut mit blonden Strähnen durchzogen gefärbt. Aber das ist ja alles nebensächlich. Ich freute mich wahnsinnig über ihren Anruf und sie erklärte mir, mich abzuholen und mal einen Kaffee in dem nahe gelegenen Café mit mir trinken zu wollen. Diesen Vorschlag fand ich total gut und habe mich so gefreut, denn da kam ich - außer zu meinen regelmäßigen Arzt- und Krankengymnastik-Terminen - mal wieder raus aus dem Haus. So toll, wie ich mir das vorgestellt hatte, war es letztendlich nicht! Nein, es ist ein Kraftakt, mit Krücken die Treppe runter und später wieder hochzukommen. Ins Auto ein- und auszusteigen, nur wenige Meter vom Parkplatz zum Café zu gehen und dann einen Sitzplatz zu finden, der genug Platz für zwei Krücken und einen auszustreckenden Fuß bietet. Aber auch das habe ich Dank Frederike gemeistert, war glücklich und zufrieden zu Hause wieder abgesetzt worden. Jedoch fix und fertig und das „von nur mal einen Kaffee trinken" gehen.

Dort legte ich mich auf meiner geliebten Couch ab, denn ein Nickerchen tut gut, man vergisst vielleicht die Schmerzen, das Alles-Drum-Herum und kommt doch zum Einschlafen. Mit dem Liegen oder auch Schlafen ist es nicht einfach. Der Fuß meldet sich, sobald man falsch liegt und das ist sehr unangenehm und ich muss eine einigermaßen bequeme Liegestellung finden. Nun war nur noch ein Tag zu überbrücken, bis ich wieder zu meinem Kontrolltermin musste.

Dieser „freie" Tag hatte was ganz Besonderes für mich, wenn ich so zurückblicke. Meine Freundin Cornelia hatte sich schon früh am Morgen angekündigt. Cornelia ist eine kleinere Frau, immer aktiv und für jede Situation einsetzbar. Sie hat kurzes glattes Haar, aber mittlerweile von leicht ergrauten Strähnen durchzogen. Geht regelmäßig in den Bastelkreis, ist sehr kreativ und voll mit guten Ideen; vor allem durch und durch Mutter, Ehe- und Hausfrau. Sie ist ständig am Backen und Kochen, macht leckere Marmeladen und Liköre selbst, was mir an diesem Tag zu Gute kommen sollte. Sie brachte mir leckere Zwetschgen von unserem kleinen Obstgeschäft mit. Dies hatte ich vorher mit ihr so vereinbart. Außerdem hatte ich - die für mich geniale Idee - dass meine Kleine einen guten „Zwetschekuche" (wie er bei uns genannt wird), backen kann. Meine Kleine ist jetzt schon größer als ich, doch bleibt sie eben immer meine Kleine. Doch Cornelia machte den Vorschlag, sie könne ihn doch mit mir backen. Sie sei da und habe Zeit. Das nahm ich gerne an. Sitzend konnte ich die Zwetschgen schneiden und entkernen. Cornelia fand sich gut zu recht in meiner Küche, ich erklärte und deutete die Sachen aus. So hatten wir einen ganz tollen Zwetschgenkuchen gebacken und ich war glücklich, den Vormittag mit so viel Abwechslung und guten Gesprächen gefüllt zu haben. Am Nachmittag kam mein Ehegatte nach Hause und wir genossen mit Kristina den selbstgebackenen und absolut vorzüglichen Zwetschgenkuchen. Es war auch eine Premiere, denn der neue Herd wurde dadurch eingeweiht und das Ergebnis konnte sich auf jeden Fall sehen lassen! Selbstverständlich hatte ich Cornelia telefonisch ihren Backerfolg mitgeteilt.

Der nächste Arzttermin stand an und ich war gespannt, was nun auf mich zukam. Mit meinem 2. Band von „Shades of Grey" bewaffnet, wollte ich die Wartezeit verkürzen. Dieses Mal hatte ich relativ früh einen Termin und mein Name wurde alsbald aufgerufen und im Behandlungszimmer begrüßte mich heute Dr. Humboldt. Er schaute sich meinen Fuß an und erklärte mir, dass ich nächste Woche geröntgt werde und dann eventuell die Schrauben entfernt werden könnten. Nächster Termin somit in einer Woche. Wäre das schön: dann kann ich den Fuß wieder (fast) voll belasten und das heißt, ich nähere mich meiner Selbständigkeit. Fast beschwingt, jedoch immer noch langsam und humpelnd verließ ich das Krankenhaus und wartete auf mein Taxi, welches mich zu Hause absetzte. Eine Woche noch, dann sehe ich Licht in dem Tunnel der Unselbständigkeit.

Wie schön, man freut sich und hofft, die Tage mögen schneller vorüber gehen. Aber das ist natürlich ein Trugschluss. Die Tage gehen vorbei wie immer. Jeder Tag hat

24 Stunden, die Woche 7 Tage und der Monat 30 bzw. 31 Tage. So ist es und so wird es immer bleiben.

Aber wie gesagt, auch diese Woche ging wieder vorbei und mit Spannung erwartete ich den Arzttermin. Das Taxi kam etwas später, so dass ich zum Termin nicht pünktlich war. Doch an diesem Tag war es sogar gut, denn ich wurde fast nach Ankunft aufgerufen und konnte in den genannten Raum gehen. Dr. Ekström hatte heute Dienst, erkundigte sich nach dem Ergebnis meines Röntgentermins. Doch der hatte noch gar nicht stattgefunden. Ich solle erst zum Röntgen gehen, dann könne man überlegen, die Schrauben am nächsten Tag zu entfernen. Die Nachfrage, ob ich was vorhätte, musste ich lächelnd verneinen: Ich kann ja sowieso nichts machen und habe alle Zeit der Welt! *„Juhu, Freude kam auf, es geht voran, waren meine Gedanken".* Nach dem Röntgen ging ich zur Besprechung zurück und ich zeigte nur auf meinen Fuß, der noch dick war, etwas nässte und der vorhandene Grind sich leicht gelöst hatte. Er erklärte mir, dass so die Schrauben nicht entfernt werden könnten, es müsse erst richtig heilen und entfernte den restlichen Grind um zu sehen, wie es darunter aussah. Eine nette Krankenschwester kam herein und legte einen Verband an und zwei Tage später solle ich zur Kontrolle erscheinen.

Zack! Das hat mich getroffen, wie ein Peitschenhieb. Ich hatte so auf die rasche Schraubenentfernung gehofft. Aber was will man machen?

Ende September

Woche 8 ½ & 9

Elternabend

Am nächsten Abend fand ein Elternabend meiner Tochter Kristina statt. Den konnte ich natürlich nicht wahrnehmen. Ihr Klassenzimmer befindet sich im III. Stock. Alleine der Gedanke an die vielen Treppen und Stufen ließen mich ins Schwitzen kommen, so dass ich meinen Mann zum Elternabend schickte. Es sind doch meist die Mütter, die solche Termine wahrnehmen, aber in diesem Fall nahm mir auch das mein lieber Ehemann ab.

Der Tag meines Kontrolltermins kam. Es war genau die 6.Woche nach meiner Operation der Schraubeneinsetzung. Dieses Mal ging es relativ schnell, denn ich war früh morgens als einer der ersten Patienten da und wurde auch bald aufgerufen. Dr. Ekström schaute sich die Wunde an und verkündete mir, dass es besser, jedoch noch nicht gut sei. So wurde die Wunde gesäubert (Autsch!) und mit Pflaster versehen, danach konnte ich den Behandlungsraum schon wieder verlassen. Nächster Arzttermin: In 3 Tagen.

Gottesdienst

Das Wochenende lag wieder einmal vor mir und ich wollte gerne sonntags in die Kirche, um am Gottesdienst teilzunehmen. Tja, womit wir wieder beim Thema wären: Mal schnell hinlaufen und auch wieder zurück, ist nicht drin. Also fragte ich meinen liebsten Ehemann. Er fuhr mich zur Kirche, setzte mich direkt davor ab und versprach mir, mich wieder abzuholen: Anruf meinerseits genüge! Alles geregelt, betrat ich mit zwei Krücken humpelnd und nicht auftretend die Kirche. Aber irgendwo sich dazuzusetzen ist nicht wirklich optimal. Ich musste schauen, damit ich genügend Platz zum Abstellen der Krücken hatte und meinen Fuß auch linksseitig auf die Bank mit hoch legen konnte. Nun gut, alles lässt sich organisieren und so konnte ich am Gottesdienst teilnehmen. Der eine oder andere wird sich hier fragen: Na, muss sie nun auch noch mit Krücken und auf fremde Hilfe angewiesen, in die Kirche gehen? Das könnte man doch bestimmt mal auslassen. „Nein!", kann ich dazu nur äußern. Ich wollte diesen Gottesdienst nicht auslassen und auf ein anderes Mal verschieben. Er war mir wichtig und der Glaube tut mir gut; ich habe noch etwas, woran ich mich festhalten kann.

Sicher fragt man sich schon so manches Mal, warum musste das mir so geschehen? Es gibt auf viele Fragen keine Antworten, man muss sich manchen Situationen einfach anzupassen versuchen. Immer noch positiv denken und nicht aufzugeben.

Ich musste gerade in dieser Zeit viel an meine - vor 9 Jahren verstorbene - Mutter denken: Sie sagte mir ganz oft, dass es für alles einen Grund gibt; und hat seinen Sinn. Irgendwie ist es für etwas gut. Doch so wirklich sah ich für mich in meiner Situation keinen Sinn. *Aber wer weiß, vielleicht finde ich ihn während meinen Daheim-Seins noch heraus?* Ich sollte vielleicht hier anmerken: Meine Mutter war eine ruhige, liebenswerte und immer gutmütige offene Frau, die nie - wirklich nie - geklagt oder gejammert hat, obwohl sie schwer an Diabetes erkrankt und zum späteren Zeitpunkt Dialysepatientin war. Sie hätte mehr als einmal allen Grund dazu gehabt, unzufrieden zu sein und sich zu beklagen, aber nie kam dazu nur eine Äußerung ihrerseits.

All diese Erinnerungen halfen mir trotz der Widerstände und ohne Licht am Tunnelende, die gegenwärtige Situation, zu akzeptieren und nach vorn zu schauen. Es konnte nur besser werden und das Positive sollte immer – egal wobei - die Oberhand behalten.

So ging das Wochenende vorüber, und mein nächster Arzttermin stand schon wieder an. Pünktlich vom Taxi abgeholt, meldete ich mich bei den netten Schwestern an und wartete auf meinen Aufruf. Ich bin noch dabei, den 2. Band zu lesen, denn der 3. Band erscheint erst in vier Wochen. Aber bis dahin bin ich wieder fit, kann hoffentlich auch arbeiten gehen *und und*. Doch dann werde ich mehr Zeit benötigen, um so viele Seiten zu lesen und am Stück klappt dies bestimmt nicht mehr. Meine positiven Gedanken auf ein baldiges Ende meiner Unselbständigkeit kommen wieder auf und so freue ich mich direkt auf den Termin der Schraubenentfernung, da diese nun schon länger drin waren, als gewöhnlich und es kann nur besser werden. So werde ich auch an diesem Tag aufgerufen, kurze Zeit später begrüßt mich der liebe Dr. Augapfel. Er schaut sich die Wunde an und verkündet mir, dass eine Wundheilstörung vorliegt.

Peng! Wieder etwas Neues. Nichts, aber gar nichts läuft bei mir normal ab. Aber was ist normal? Ich habe festgestellt, dass mir diese Normalität nicht gegeben ist und ich mich immer wieder auf neue Tatsachen einstellen und sie akzeptieren muss.

Der Arzt nimmt einen Abstrich der Wunde und erwähnt, evtl. die Naht nochmals zu öffnen oder eine Vakuumversiegelung vorzunehmen.

Die Worte und Sätze rauschten mir nur so im Kopf herum, so etwas wollte ich überhaupt nicht hören. Es schmerzte sehr, ich konnte die Strümpfe aufgrund der vorhandenen Schwellung nicht anziehen. So bekam ich eine neue Wundversorgung mit Reinigung, Salbenauftrag und Pflaster, was immer mit Schmerzen verbunden war. Jedoch schon in zwei Tagen darauf Wiedervorstellung, damit man den Verlauf sieht.

Es zeigt sich doch immer wieder: Man will oft nicht, dass es so verläuft, wie es im gegenwärtigen Moment ist, doch ändern, nein ändern kann man es nicht! Die Gegenwart holt einen auch in diesen unangenehmen Momenten und Situationen ein. Ich befand mich im Hier & Jetzt! Auch da musste ich durch, hoffen auf den neuen Termin, damit sich alles positiv für mich einstellt und die Heilung end-

lich voran geht. Doch die Hoffnung verlässt auch mich manchmal in solchen Momenten. Das für mich fiktiv aufgebaute Kartenhaus fällt in sich zusammen.

Mir blieb also nichts anderes übrig, als zu warten, die Zeit wieder mit Lesen zu verbringen und natürlich Telefonate zu führen und einen Friseur-Termin zu vereinbaren. Man solle sich gerade in eher schlechten Situationen „etwas gönnen" und nicht alles zurückstellen oder streichen. Etwas Gutes für Körper, Seele und Nerven ist ein Muss!

So kam der Kontroll-Termin. Zügig kam ich an diesem Morgen zum Aufruf, so dass ich keine Patientengespräche mit anhören und/oder erwidern musste. An diesem Tag kamen Dr. Ekström und Dr. Klinge in das Behandlungszimmer, sie schauten sich die Wunde an und erklärten mir, dass die Schrauben so noch nicht entfernt werden könnten. Es wurde neu verbunden und am übernächsten Tag solle ich wieder erscheinen. Falls doch die Wunde nässe und es sichtbar werde, solle ich früher erscheinen.

Zack! Wieder einen Schlag auf den Hinterkopf im bildlichen Sinne, denn das wollte ich alles so nicht hören. Wirklich nicht. NEIN, NEIN, NEIN! Doch so war es und ich konnte nicht einfach davon laufen!

Hinzu kamen meine Rückenschmerzen durch die Krückenbelastung. Da ich zu dieser Zeit wenig Arztbesuche hatte (dies meine ich natürlich völlig ironisch!!), vereinbarte ich noch einen Termin zur Vorstellung bei meinem Sportmediziner. Unter normalen Umständen alles kein Problem: Termin vereinbaren, zum Arzt gehen. Doch diese Praxis befindet sich im I. Stock und ist nur zum Teil mit dem Aufzug erreichbar. Ich schaffte es, unbeschadet in den Aufzug hinein- und auch wieder herauszukommen. Langsam hoppelte ich mit meinen zwei Krücken die Treppe hoch, das heißt: Ich habe eine Krücke ein paar Stufen weiter hoch gestellt und mich dann mit einer Hand am Geländer und einer Krücke hochgehangelt, bis ich oben angelangt war. Puh, Schwerstarbeit, fix und fertig kam ich an der Anmeldung an. Das sind Gegebenheiten, die einem normal beweglichen und gesunden Menschen gar nicht auffallen. Nun gut, an diesem Tag kam ich auch an meinem Ziel an. Bekam eine Spritze, damit ich mich bald ohne zusätzliche Rückenschmerzen, humpelnd fortbewegen und so die Praxis wieder verlassen konnte.

Am folgenden Tag war mein weiterer Kontroll-Termin im Krankenhaus. Vor diesem Termin war ich noch bei der Krankengymnastik und so fuhr ich mit dem Taxi direkt weiter. Pünktlich und schön früh kam ich an und wurde auch dieses Mal nach kurzer Zeit aufgerufen. Heute war Dr. Ekström im Zimmer und erklärte mir, dass nach Absprache mit dem Oberarzt die Schrauben in vier Tagen entfernt werden können. Ja, ich war mehr als einverstanden und freute mich. Ich fragte nach dem weiteren Verlauf der Schraubenentfernung. Dies erläuterte er mir geduldig: es müsse nochmals vernäht und nach gegebener Zeit müssten die Fäden gezogen werden. Jedoch am nächsten Tag solle ich zum Verbandswechsel erscheinen. Nur noch ein Wochenende und dann, ja dann, geht es bergauf mit mir! Die Freude währte nicht lange, denn am nächsten Tag hatte ich starke Schmerzen und fürchterliches Brennen in der Wunde, so dass mein Mann mich erneut ins Krankenhaus fuhr. Der diensthabende Arzt an diesem Wochenende war Dr. Augapfel. Er schaute sich alles an, es wurde neu verbunden und am übernächsten Tag solle ich wieder zur Kontrolle erscheinen. Nicht am nächsten Tag, wie ursprünglich mit Dr. Ekström vereinbart. Dann werde entschieden, wie es weiter geht.

Meinen „freien" Tag zwischen den Arztterminen konnte ich gut mit einem Friseur- sowie einem Nagel-Termin füllen. Mein Papa fuhr mich zum Friseur hin und holte mich dort auch pünktlich wieder ab. Anschließend fuhren wir zu meinem Nagelstudio. Das gönnte ich mir in dieser Zeit, wenigstens äußerlich wollte ich mich wohlfühlen mit einer neuen Frisur. *Jedoch wie es innen drin bei mir aussah, kann sich manch einer vorstellen: Einfach nur chaotisch. Unzufrieden mit der gegebenen Situation und Hoffnung auf Besserung, die jedoch nicht wirklich greifbar war.*

Ich möchte es mal so beschreiben: Man stelle sich dicke Gewitterwolken vor, die sich mehr und mehr aufbauschen. Irgendwann gibt es ein Gewitter mit Blitz, Donner und Regen und die Luft ist gereinigt. Das wünschte ich mir so manches Mal herbei. Einfach Blitz und Donner: dann kommt die Reinigung bzw. meine Schmerzen sind verschwunden und die Heilung geht stetig voran.

Die Schmerzen und die Ungewissheit, wie es weiter geht bzw. was noch auf mich zukommt, zehren an meinem Nervenkostüm und auch dem meiner engsten Freunde – wie schon vormals erwähnt -: die Geduld, sich Zeit nehmen und die Hoffnung für den weiteren Verlauf, lassen zu wünschen übrig. Sie sind teilweise kaum oder nicht mehr vorhanden. Ich werde ungeduldig mit mir selbst, bin unzufrieden und habe für vieles kein Verständnis und bin auch schneller gereizt. Sicher, man mag das nicht an seinen lieben Mitmenschen auslassen, aber so manches Mal ist auch mein Geduldsfaden kurz vor dem Zerreißen. Nur gut, wenn ich es irgendwie noch auffangen kann und trotz allem meinen Humor behalte.

Einkauf

Doch an diesem Tag hatte ich mich mit meiner guten Freundin Kathrin verabredet bzw. sie holte mich vom Nageltermin ab. Kathrin ist auch eine meiner guten Seelen: ich kenne sie durch die Geburtsvorbereitung unserer ältesten Kinder. Wir haben regelmäßig Kontakt, treffen uns bei Geburtstagen, auch mal auf ein Frühstücks-Schwätzchen. Sie ist groß, hat kurze brünette Haare und all die Jahre über die gleichbleibende schlanke Figur und wird, so habe ich das Gefühl, nicht älter. Kathrin fuhr mit mir noch auf ein Kaffeepäuschen in den nahegelegenen Supermarkt. Das war entspannend und wir redeten über Verschiedenes und der Vormittag ging für mich angenehm vorüber. Direkt im Anschluss „kurz" noch was einkaufen, das war eine gute Idee. Mit meinen Krücken ausgestattet, trug Kathrin das Einkaufskörbchen. Ich sagte ihr, was ich an Kleinigkeiten benötige und sie füllte es ein. Endlich an der Kasse angelangt, bezahlte ich und Kathrin fuhr mich nach Hause. Sie hatte sich an diesem Vormittag Zeit genommen, jedoch wollte ich nirgendswo mehr hin, ich war wieder total erledigt von dem kurzen Einkauf. Zu Normalzeiten hätte ich diesen Einkauf in 10 Minuten erledigt. Dieses Mal brauchten wir gut eine halbe bis dreiviertel Stunde. An der Kasse angekommen, war ich völlig außer Atem und geschwitzt. Ich wollte nur noch nach Hause, mich auf die Couch legen und nichts machen. Da wurde mir wieder mal bewusst, dass solche kleinen Erledigungen „mal zwischendurch" nicht so einfach zu bewältigen waren und ich mich immer und immer wieder in Geduld üben musste.

Schraubenentfernung

Gespannt ging ich dann am übernächsten Tag zur Kontrolle. Keine nennenswerten Geschichten zum Erzählen heute in der Wartezone. Wurde wieder kurz nach meinem Erscheinen und Anmelden hereingerufen. Das lag wahrscheinlich daran, dass es ein früher Termin war bzw. kein Notfall dazwischen reingefahren wurde oder hereinkam. Dr. Ekström begrüßte mich und fragte, was ich denn vorhätte „Ich?" fragte ich. „Nichts, gar nichts. Ich habe doch Zeit, kann sowieso nichts machen". Er erwiderte, dass dann heute schon die Schrauben entfernt werden könnten.

Er rief noch einen anderen Arzt hinzu und es erschien Dr. Augapfel. Dieser führte die Entfernung der Schrauben durch und das Ganze dauerte etwa ½ Stunde mit örtlicher Betäubung und gleichzeitigem Ultraschallgerät-Anschluss. Wirklich interessant und wieder eine neue Erfahrung, seinen Fuß zu sehen und die Schraubenentfernung live direkt am Bildschirm mitzuerleben. Danach wurde es vernäht, anschließend noch geröngt und ich konnte mich vom Taxi abholen lassen und nach Hause gebracht werden. Puh, das war geschafft und ich war erleichtert, diese Hürde bezwungen zu haben. Zu Hause angekommen, musste ich mich erneut hinlegen. Ich merkte, es war ein Eingriff und es ist gut so, dass einem durch Schmerzmittel das Ganze etwas erleichtert wird. Also legte ich mich an diesem Tag nicht nur auf die

Couch, sondern in mein Bett. Ich wollte einfach nur meine Ruhe haben und merkte, dass ich völlig geschafft war. So döste ich vor mich her, als es klingelte. Gut, dass Kristina zu Hause war und öffnete. Es war Ralf, mein Schwager in spe. Er wollte zu mir und ich rief ihm zu, er solle in mein Schlafzimmer kommen. Warum nicht, denn ich war schließlich angezogen und zugedeckt. Ha Ha, nein, Spaß beiseite: dies hört sich jetzt vielleicht merkwürdig an, aber ich konnte und wollte nicht gleich wieder aufstehen, ich hatte Schmerzen und musste einfach ruhen und liegen bleiben. So trat er ein und übergab mir freudestrahlend die Einladung für die Hochzeit von ihm und meiner Schwester Michaela. Ach, was habe ich mich für die Zwei gefreut. Endlich bekommt meine liebe Schwester auch ihr „Deckelchen". Denn sie gehört schließlich nicht mehr zu den Jugendlichen und ist, wie soll ich sagen, nicht immer bei den Schnellentschlossenen. Ich sagte ihr nur bei unserem nächsten Treffen, dass sie dieses Mal nicht überlegen muss. Denn einen besseren Schwager als Ralf konnte ich mir kaum vorstellen. Er ist ein sehr netter, ausgeglichener und geselliger Mann. Ich gratulierte Ralf und in meinem Kopf kreisten die ersten Gedanken um eine schöne Hochzeitsfeier mit toller Dekoration und Spielen und allem, was dazu gehört. Wir verabschiedeten uns und ich konnte mir gedanklich Spiele und andere nette Dinge überlegen. Zeit dazu hatte ich genügend, so dass ich für mich eine Kopfaufgabe hatte, was Abwechslung in den Tag brachte. Auch ein Gedicht kam mir in den Sinn, doch das verschob ich auf später. Dieser Tag ging mit Herumliegen, Schlafen, aber auch netten Überlegungen zur Hochzeit, vorüber.

Anfang Oktober

Kontrolle

Woche 10

Drei Tage später war mein erneuter Wiedervorstellungs-Termin.

Leider konnte ich nicht so lange darauf warten, denn ich bin am darauf folgenden Tag wieder zur Eigenkontrolle hin, da die Schmerzen stärker waren und es durch den Verband durchgeblutet hatte. An diesem Tag hatte Dr. Ekström Dienst und den Verbandswechsel vorgenommen und mich in zwei Tagen wieder einbestellt.

Mit meinem Fuß war es wirklich nicht optimal. Ich hatte noch Schmerzen und zwei Tage später fand ich mich zum Kontrolltermin wieder ein. Dieses Mal kam ich auch sehr rasch dran, eine Kaffepause konnte ich in der netten Cafeteria nicht auskosten. Muss hier aber anmerken, dass ich dies auch lieber zu Hause mit netten Freunden oder Verwandten genieße. Herr Dr. Ekström begutachtete die Wunde und erklärte mir, dass ich Antibiotika in Tablettenform einnehmen müsse. Krankengymnastik solle ich jetzt auch mal lassen, eventuell in der darauffolgenden Woche wieder beginnen. Wiedervorstellung war für 2 Tage später angesetzt worden. So ein freier Tag zwischen meinen Arztterminen ist nicht wirklich viel, denn immer noch mit Krücken unterwegs, fällt mir alles schwerer und ich genieße die Pause auf der Couch mit einem guten Buch oder einfach dem Nichtstun. Alles ist anstrengend und überall muss jemand um Hilfe gebeten werden, was mit der Zeit sehr nervenaufreibend ist. Nicht nur für die anderen – obwohl sich niemand bei mir beschwerte (vielleicht hinter meinem Rücken die Augen verdreht hatte), aber für mich ist der gesamte Zustand nur sehr unbefriedigend.

Am nächsten Tag wurden meine Schmerzen stärker. Mein Fuß schwoll noch mehr an und ich beschloss gegen Abend mit meinem Mann, nochmals zur Kontrolle ins Krankenhaus zu fahren. Es war schon später, doch Herr Ekström begrüßte mich sehr freundlich, schaute sich den Fuß an und erklärte mir, die Fäden gleich zu ziehen. Die Wunde wurde gesäubert, ein neuer Abstrich genommen und am nächsten Morgen (der ein Samstag war) solle ich mich erneut vorstellen, jedoch könne ich dann eventuell mit einer stationären Aufnahme rechnen. Ich solle meine Utensilien für ein oder zwei Nächte dabei haben.

Oh nein! Alles, aber auch wirklich alles hatte ich erwartet. Doch nicht eine stationäre Krankenhausaufnahme. Aber es war noch nicht soweit, die Hoffnung blieb auf einen Ausweg, den ich hoffte, am nächsten Morgen anzutreffen.

Krankenhaus

Nach einer unruhigen - eher schlaflosen Nacht - begab ich mich mit meinem Mann erneut ins Krankenhaus. Diesen Termin konnte ich schnell wahrnehmen, da es Wochenende war und seltsamerweise die Patienten nicht wartend an der Anmeldung standen und die Stühle auch - bis auf meinen - nicht besetzt waren. So wartete ich nicht mal eine viertel Stunde und konnte gleichdarauf in das genannte Zimmer eintreten. Begrüßt wurde ich von einem neuen Arzt, den ich bis dahin noch nicht kannte. Dr. König, ein groß gewachsener schlanker Mann. Er hatte braune, kurze gelockte, wuschelige Haare. Er schaute sich meinen Fuß an und lud mich ein, über das Wochenende sein Gast zu sein. Somit war mein Fünkchen Ausweg davon geflogen, ruck-zuck einfach weg. Er erklärte mir, es sei notwendig, das Antibiotikum intravenös (bedeutet: über eine Vene zuzuführen) zu verabreichen und ich sei auch unter ärztlicher Kontrolle. Tja, was sollte ich dazu sagen? Ich merkte selbst, mein Fuß war nicht in Ordnung, hatte nur Schmerzen und wollte, dass mir geholfen wird. Also begab ich mich nach Blutentnahme und erforderlichen Untersuchungen auf die Station in mein hübsches 2-Bett-Zimmer mit Fensterblick.

Was will man mehr? Doch, ich wollte mehr: Viel mehr. Meinen normalen Alltag wollte ich zurück, selbstständig sein und vor allem ohne diese ständigen Schmerzen leben.

Aber ich sah ein, dass es besser war, mich in die Hände der Ärzte und Schwestern zu begeben. So bekam ich das Antibiotikum und bemühte mich, ein wenig Ruhe zu finden und schlief auch ein.

Der nächste Morgen kam mit dem üblichen Krankenhausablauf: In aller Herrgottsfrühe Blutdruck und Fieber messen, dann noch etwas ruhen oder Musik hören und schon war Frühstücks-Zeit. Leckere Sachen, die man sich aussuchen und bestellen konnte. Doch im Krankenhaus ist die Aktivität sehr eingeschränkt, so dass der Hunger sich in Grenzen hält. Nur den Tee im Krankenhaus, den kann ich überhaupt nicht leiden. Entweder der typische Rote, also Hagebutten-Tee oder Pfefferminz-Tee. Das sind gerade die Sorten, die ich absolut nicht mag. Ansonsten bin ich wirklich nicht wählerisch oder wie man hier zu Lande sagt: „schneubbisch". So bat ich meinen lieben Mann, dass er meine Tee-Sorte von zu Hause mitbringen solle, nämlich den guten Roiboos-Tee. Einfach köstlich - mit Karamell, Vanille oder pur - war mir in diesem Fall egal. Hauptsache, nicht Roten oder Grünen trinken zu müssen.

Die Visite war an diesem Morgen zeitig da, denn es war Wochenende und wie jeder weiß, ist an den Wochenenden mehr oder minder eine Notbesetzung vor Ort. Dr. König schaute sich die Wunde an und versorgte sie entsprechend. Das Mittagessen kam pünktlich: schon gegen 12 Uhr. Dann noch eine kleine Pause mit Lesen oder Vor-Sich-Hindösen und auf Besuch hoffen. Auch die Tage im Krankenhaus können lang sein. So kam am Mittag Stefan mit Kristina vorbei. Da Kristina immer etwas

Neues weiß, teilweise auch sehr mitteilungsbedürftig ist, wurde mir nicht langweilig und wir verbrachten einen angenehmen Nachmittag. Als sich beide verabschiedeten, gab es schon das Abendessen, welches ich mir für später aufhob, da es von der Uhrzeit doch sehr früh war. Die Zimmer sind sehr modern ausgestattet, so dass an jedem Bett ein Fernseher angebracht ist. Dieser sorgt für Abwechslung und einen nicht so langen Abend. Da schaltet man auch Programme ein, die man zuhause nie schauen würde, doch in dieser Situation sind sie manchmal nur Ablenkungsmanöver und können – sogar - entspannend sein. *Zu viel Zeit zum Nachdenken und ins Grübeln kommen, ist einfach nicht gut.*

So kam der zweite Tag im Krankenhaus. Der gleiche Ablauf, nur dass die Visite mit mehr Ärzten ausgestattet war und meine Wunde angesehen und auch neu versorgt wurde. Jedoch etwas Neues erfuhr ich nicht, es war weiterhin Geduld angesagt. Besuch hatte ich immer abwechselnd. Man konnte annehmen, sie hätten sich untereinander abgesprochen, aber so war es nicht. Zufällig ging der eine und der andere kam. Dies war für mich sehr gut, so ging der Nachmittag herum und es war nicht so anstrengend, als wenn alle Personen auf einmal zusammentreffen. Meine gute Freundin, Ursula, die in der Nähe des Krankenhauses wohnt, war sehr erschrocken, als ich ihr telefonisch von meinem Aufenthaltsort berichtete. Sie sagte mir zu, sobald es ginge, würde sie mich besuchen und fragte nach, was ich brauche oder sie mitbringen solle. Und zack: Meine gute Ursula stand nachmittags im Zimmer mit einer frischen eiskalten Dose Cola, die ich in diesem Moment sehr zu genießen wusste, denn nur Wasser und Tee konnte ich irgendwie zu diesem Zeitpunkt nicht mehr haben. Was habe ich mich gefreut. Auch wir kennen uns schon ewig lange, ich meine wirklich ewig, es sind doch schon ganze 30! Jahre. Wir haben früher die Discotheken und Lokale unsicher gemacht. Wir sind viel zusammen unterwegs gewesen und haben schöne, sehr schöne Jugendjahre erlebt. Ursula ist nicht wirklich groß, immer modern gekleidet, hat schönes, glattes, schulterlanges blondrotes, nein eher rotblondes Haar und ist eine besondere gute Seele unter den Freunden. Sie hat immer ein offenes Ohr und steht mit Rat und Tat zur Seite. Außerdem ist sie die Patentante meiner jüngsten Tochter. Sie versprach mir, mich erneut anzurufen bzw. bald wieder zu kommen und darauf freute ich mich. Das Abendessen kam; der Abend brach an und der Fernseher wurde eingeschaltet. Irgendwann kommt auch trotz allem Ausruhen die Müdigkeit und man ergibt sich dem Schlaf.

Woche 11

Das Wochenende ist vorüber und eine neue Woche nimmt ihren Lauf. Der Tag beginnt mit den bereits schon erwähnten Abläufen und gespannt warte ich auf die Visite. An diesem Morgen kamen die Ärzte zu Zweit. Dr. Augapfel und Dr. König schauten sich die Wunde an. Mit dabei war noch eine Wundexpertin, die sich die Wunde ebenso ansah und Vorschläge für den weiteren Verlauf nannte. Sie war meine gute Fee, denn sie kam täglich vorbei, sah sich die Wunde an und reinigte diese sehr vorsichtig und sorgfältig, versorgte sie und verband sie entsprechend. Auch gute Gespräche für den weiteren Verlauf konnte ich mit ihr – trotz der Krankenhaushektik und vielem Betrieb – führen. Nach dem Mittagessen kam auch noch ein Oberarzt vorbei, der sich die Wunde ebenso ansehen wollte. Richtig zufriedenstellend sei dies alles nicht wirklich und am nächsten Tag werde man sehen, wie es weiterginge und er verabschiedete sich. Nach meinem Tässchen Kaffee, welches gegen 14 Uhr von dem netten Servicepersonal gereicht wurde, war ich – ohne irgendetwas gemacht zu haben – einfach wieder müde und wollte mich nur ausruhen.

I feel good

An diesem Mittag erschien meine Tochter Julia mit ihrer Freundin Vanne. Wir unterhielten uns über Verschiedenes und ich erklärte ihnen, dass ich wohl doch noch nicht so schnell nach Hause entlassen werde. Die Wunde sieht nicht so gut aus. Dann überreichte mir meine Tochter ein kleines verpacktes Schächtelchen aus der Tasche mit einer „Gute-Besserung-Karte". Ich löste das Papier und zum Vorschein kam eine eckige Dose mit den Maßen von 9 cm x 9 cm und einer Höhe von cm 4 mit Deckel. Dieser war mit dem Bild einer Krone und folgender Aufschrift versehen: „Heute ist Dein Tag". Die Neugier war natürlich geweckt, so dass ich den Deckel gleich darauf anhob und zurück zuckte. Denn eine Melodie mit Gesang ertönte. Es wurde der bekannte Song von James Brown „I feel good" gespielt. Ach, war das ein schöner Moment! Ich freute mich sehr, las die Karte und beschloss, diese Schachtel täglich mindestens einmal zu öffnen und die Musik spielen zu lassen. Eine Aufheiterung, die in meiner Situation nicht schaden konnte. Nach einem netten Plauderstündchen verabschiedeten sich die Zwei und ich bekam wieder zeitig das Abendessen serviert.

Katzenwäsche

Der nächste Morgen brach herein, die üblichen Abläufe begannen: Fieber und Blutdruck messen, dann noch etwas Zeit für das Frühstück. Dazwischen war genügend Zeit, um meine Morgenwäsche vorzunehmen. Mit Krücken ausgestattet, humpelte ich in das Bad. Jedoch ohne Stuhl ist es sehr schwierig, sich zu waschen, geschweige denn, die Haare irgendwie in Form zu bekommen. Also bat ich eine der Schwestern um einen angemessenen Hocker, den ich im Bad stehen lassen konnte. Es wurde ein großer WC-Stuhl gebracht. „Was anderes sei nicht vorhanden" wurde mir entgegnet, jedoch freute ich mich über diesen Stuhl. Besser als nichts! So konnte ich mich anständig und vor allem eigenständig waschen. Die „schnelle" Katzenwäsche gibt es auch hier nicht, denn schnell geht schon mal gar nichts. Aber Zeit hatte ich ja genügend und so konnte ich mir auch die Haare, halb kniend auf dem Stuhl, im Waschbecken waschen (der Vorteil von kurzen Haaren) und auch später frisieren. Was war ich froh, kurz vorher beim Friseur gewesen zu sein. Meine Haare sind sehr pflegeleicht: waschen, durchstrubbeln, kämmen –und fertig. Ein guter Schnitt ist eben alles. So begab ich mich frisch gewaschen, aber mit den Kräften am Ende und völlig geschafft - nur von dem bisschen Waschen - wieder in mein Bett, um mir das gereichte Frühstück schmecken zu lassen. Das hatte ich mir redlich verdient! Dann war noch Zeit zum Lesen oder Telefonieren mit dem lieben Gatten. Die Visite kam herein und wieder waren es Dr. Augapfel und Dr. König. Sie schauten sich die Wunde an und versuchten mir zu erklären, was als nächstes zu tun sei. Es wurde ein „scharfer Löffel" erwähnt (ih, das hört sich gar nicht gut an!) sowie über ein eventuell erneutes Aufschneiden und Wiedervernähen gesprochen, wovon ich nichts, aber auch rein gar nichts, verstand. So fragte ich nach und mir wurde Folgendes erklärt: Mit einem scharfen Löffel wird die Wunde gesäubert und versorgt (Ein „scharfer Löffel" ist ein chirurgisches Handinstrument. Er hat eine Länge von meist 12 bis 16 cm und ist in der Regel doppelendig. Seinen Namen hat es von den scharfrandigen, löffelartigen Enden, die dazu dienen, Gewebewucherungen abzukratzen oder Knochenhöhlen auszuschaben... *Quelle: wikipedia.org).*

Bei einem erneuten Aufschneiden weiß man jedoch nicht, wie die anschließende Heilung verläuft. Ebenso wurde die Möglichkeit der Anbringung einer Pumpe oder eines Ballons erörtert. Bei diesem Verfahren handelt es sich um eine Vac-Pumpe. (Bedeutet: *Die **Vakuumtherapie** - auch Vakuumversiegelung, Vacuum Assisted Closure-Therapy (VAC) zur Wundheilung besteht aus einem Wundverschluss in Kombination mit einem Abtransport-System (Vakuum.,* Durch Ausübung eines Unterdruckes auf die Wunde wird möglicherweise der Wundverschluss erleichtert bzw. beschleunigt. *Quelle: wikipedia*). Nun, da hatte ich reichlich Informationen zu verarbeiten. Ich sah meiner Entlassung noch nicht wirklich entgegen.

Stricken

Deshalb bat ich telefonisch meinen Mann, mir Wolle mit entsprechenden Nadeln mitzubringen - diese hatte ich vor einiger Zeit bestellt - um mir einen schönen Loop-Schal (darunter versteht man auch Schlauch- oder Rundschal) für den Winter zu stricken. Er kam nach der Arbeit vorbei und brachte mir die gewünschte Wolle mit. Jedoch alle drei Knäuel, die ich zu Hause hatte. Ich fing an zu schmunzeln und fragte nach, wie lange ich denn bleiben solle, um drei Schals zu stricken? Die Nadeln dazu sind 35,5 cm lang und fast 1 cm dick. Mit einer Nadelstärke von 10 strickt es sich fast von selbst. Meinem Mann erzählte ich von der Visite und äußerte auch meine Angst vor neuen Schmerzen und wusste nicht wirklich, was noch alles auf mich zukommen würde. Als er sich verabschiedete, nahm ich mir einen Knäuel und begann, diesen Schal zu stricken. Dieser war schneller fertig, als ich angenommen hatte, jedoch war ich mit der angegebenen Maschenzahl und der Länge des Schals nicht ganz zufrieden und so zog ich das Ganze komplett auf. Daraufhin begann ich den gleichen Schal der gleichen Farbe nur mit weniger Maschen nochmals zu stricken. Mit diesem Ergebnis war ich zufrieden und ich genoss mein Abendessen. Das Fernsehprogramm für den folgenden Abend zippte ich von oben nach unten und zurück durch. Irgendeinen Film oder eine Dokumentation sah ich mir an, damit die Zeit verging. Spät gegen 23 Uhr löschte ich mein Licht und versuchte, mich dem Schlaf für eine weitere Nacht hinzugeben.

4. Tag

Ein neuer Morgen, bereits der vierte Tag im Krankenhaus, begann und ich war gespannt auf die folgende Visite. Dieses Mal erschien nur Dr. Augapfel, den ich wirklich mochte. Er war immer ausgeglichen, ruhig und hatte für vieles Verständnis. Er begann mit der Erklärung, er werde die Wunde mit einem Löffel säubern. Ich fragte bezüglich eines Schmerzmittels nach, denn ich wollte und konnte keine Schmerzen mehr ertragen. Das sogenannte Fass (der Schmerzen) war bei mir bis zum Rand gefüllt und kurz vor dem Überlaufen. Die Nerven lagen blank. Er versprach mir, die Wunde vor Beginn örtlich zu betäuben und auch Schmerzmittel zu geben und später eine Infusion wegen eventuellen Schwindels anzuhängen.

Angst vor dem Eingriff packte mich, doch auch dies ging vorbei und die Minuten strichen vorüber. Ruhig und gewissenhaft wurde der „kleine" Eingriff vorgenommen und ich dankte den Schmerzmitteln. Sie sind schon eine tolle Erfindung. Ich wollte einfach keine Schmerzen mehr aushalten und so ließ ich mir auch bei Bedarf welches nachgeben. *Ein schönes Gefühl, federleicht zu sein und fast einen halben Meter über dem Bett zu schweben. Aber das war natürlich nur mein vermeintliches Gefühl.* Als am Spätnachmittag mein lieber Mann zu Besuch kam, merkte ich, dass ich ihm nicht wirklich viel erzählen konnte. Ich konnte nicht einen klaren Gedanken fassen, aber mir ging es soweit gut und ich hatte auch diesen Tag überstanden.

Beiß-Tierchen

Der 5. Tag im Krankenhaus begann genauso wie alle anderen Tage zuvor: Die gewohnten Messungen am frühen Morgen, Warten auf das Frühstück, dieses dann genießen und auf die Visite warten. Dort wurde mir erklärt, dass man die schon bereits genannte Vac-Pumpe anbringen wolle. Dr. Augapfel erledigte dies mit Sorgfalt und Geduld, was bewundernswert war. Dr. König war zugegen und schaute sich diese Vorgehensweise genau an. Tja. Was soll ich nun erklären? Diese Pumpe ist ein kleines Gerät, an welchem ein Schlauch hängt, der in die Wunde hineinführt und mit einem groben Schwamm und Klebefolie versehen, eingeschaltet wird und somit jegliches Wundsekret rauszieht. Es ist ein ungewohntes, ganz komisches Gefühl. Ich möchte es mal so beschreiben: Man stelle sich ein kleines Loch (meine Wunde) vor, in dem der Schwamm hängt und durch ständiges An- und Absaugen ein Gefühl von kleinen Beiß-Tierchen erzeugt wird, die einem ständig mit ihren vielen kleinen und sehr spitzen Reiß-Zähnchen ins Fleisch beißen.

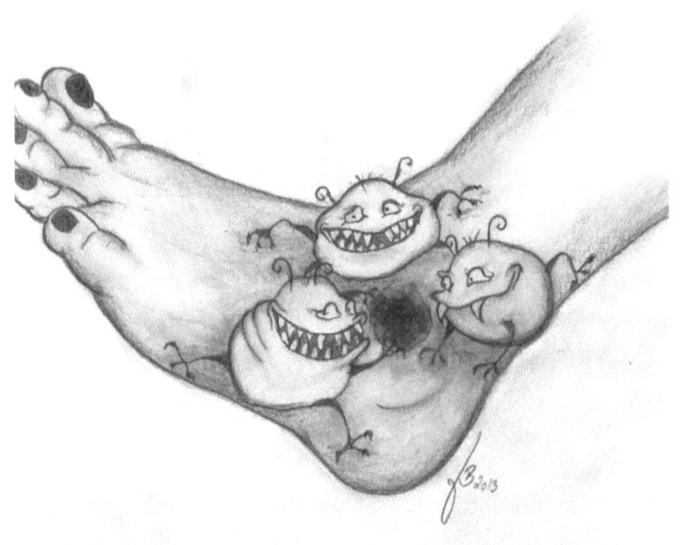

Immer und immer wieder. Aber dies ist nur so mein Gefühl, welches der Arzt auch nur lächelnd verneinen kann. Also versuche ich in der bevorstehenden Nacht mit Pumpe am Bein und grün leuchtender Kontroll-Lampe einzuschlafen. Es ist nicht einfach, mit Schlauch, Pumpe, zwischendurch Aufladen an der Steckdose, einen ruhigen und entspannten Schlaf zu finden. Als ein typischer Seitenschläfer, aber aufgrund meines Fußes und nun der angebrachten Pumpe doch sehr eingeschränkt, musste ich auf einen Rückenschläfer umsatteln. Irgendwie ging auch diese Nacht vorbei und der sechste Morgen nahte.

Der übliche Ablauf folgte und ich hoffte auf die Visite, die irgendetwas Neues und Positives zu berichten wusste. Es war noch genügend Zeit, so dass ich meinen ausgiebigen Waschtag einlegte. Im Bad verschwunden, mit meinen Krücken, Waschlappen und Shampoos, klopfte es an der Tür und eine Schwester sagte mir, ich solle herauskommen, die Chef-Visite sei da. Holla, die Waldfee, nun hieß es aber hurtig sich sputen. Ich versuchte, meine Schlafanzughose wieder über die Pumpe anzuziehen. Das heißt, Schlauch halten, durch das eine Hosenbein und dann in das andere Hosenbein schlüpfen, mein Oberteil wieder drüber ziehen. Nur teils gewaschen, humpelte ich hinaus und traf auf vier Ärzte und Auszubildende. Wir hatten volles Haus an diesem Morgen und es wurde wie an allen Tagen zuvor, besprochen, was weiter geschehe. Die Wunde zeigen solle ich nicht, da die Vac-Pumpe gut angebracht war. Der Visite-Stab verabschiedete sich und nun war es Zeit, meine Melodie des Kästchens spielen zu lassen.

Meine Bettnachbarin, die sich seit zwei Tagen mit mir das Zimmer teilte, hörte ebenso interessiert zu. Wir stimmten zusammen das Lied an, trällerten ebenso laut mit und hatten für die eine Minute wirklich viel Spaß, konnten ausgiebig lachen und für einen kurzen Moment war die Welt in Ordnung. Sodann meldete sich wieder meine gute Ursula per Telefon und sie wollte wissen, was ich brauche. „Ach", sagte ich schwärmerisch: „Ein Eis in der Waffel, das wäre toll!" Kaum gesagt, stand am Nachmittag die Gute im Zimmer mit einem leckeren Eis, welches ich voller Genuss schleckte und in diesem kurzen Moment alles wieder gut schien. Jedoch war es wieder nur ein kurzer Augenblick in dem ganzen Dilemma, welches sich mir mit voller Wahrheit darbot. Ich berichtete ihr von all den Errungenschaften der Pumpe und meinen geheimen Tierchen, die ständig am Beißen waren, den guten Schmerzmitteln und des Gespannt-Seins auf den weiteren Verlauf. Sie tröstete mich, wir redeten noch so allerlei und dann musste sie sich verabschieden, denn ihr Mann und Sohn warteten auf sie.

Der nächste Morgen war etwas entspannender. Es war wieder Wochenende, daher ruhigerer Ablauf und es wurde mir bewusst: ich bin nun schon seit einer ganzen Woche ein Krankenhaus-Gast. So wird ein angedachter Kurzurlaub schnell verlängert. An diesem Morgen erschien Dr. Augapfel, überprüfte die Pumpe mit Schlauch und äußerte, dass in zwei Tagen die Pumpe abgemacht und geschaut werde, ob dies ausreiche. Nach dem Mittagessen erschien mein lieber Vater mit meinem Bruder. Wir sprachen von allen möglichen Dingen, natürlich auch von meinen Untersuchungen und meinen Ängsten, Schmerzen und der Ungewissheit, was vielleicht noch auf mich zukommen. Dann gingen wir noch zusammen einen Kaffee trinken. Ich verabschiedete mich von beiden und schaffte mich mit Krücken und Pumpe am Bein zurück auf mein Zimmer.

Schokolade

Kaum wieder im Bett angelangt, ging die Tür auf und es erschien mein Schwager Sven. Hier muss ich erwähnen, dass er der jüngste von meinen Schwagern ist. Er ist gut 10 Jahre jünger als ich und begrüßt mich mit Übergabe einer leckeren Süßigkeit von Lindt. Ach tut das gut!

Die Laune und Verfassung wird um ein Vielfaches besser beeinflusst: Süßes ist einfach gut für die Nerven, die Seele und alles, wofür man es einsetzen mag. Man muss beim Naschen nicht nachdenken, ist locker und entspannt. Außerdem kann man sich doch passende Dinge gut einreden.

Schokolade geht immer. Man bemerke: Auch noch die gute Lindt-Schokolade! Es war eine nette Abwechslung und durch Erzählen und Lachen war wieder eine gute Stunde dieses Tages vergangen. Da dies ein Samstag war, wurde natürlich das Fernsehprogramm weit bis nach Mitternacht genutzt und irgendwann fand ich trotz Pumpe (und meinen (un-) heimlichen Beiß-Tierchen im Fuß) doch meinen Schlaf.

Der nächste Morgen verlief wie alle anderen, die Visite war ein Kurzbesuch von Dr. Augapfel, der mir freudestrahlend mitteilte, dass ich am nächsten Tag die Pumpe abgemacht bekäme und man wolle sehen, wie die Wunde aussehe. An diesem Morgen wurde meine nette Bettnachbarin entlassen, so dass ich mir nun alleine und ohne schöne Gespräche, Unterhaltungen und dem Musik-Einsatz die Zeit vertreiben musste. Selbstverständlich konnte ich für mich auch alleine die Musik zwischendurch hören.

So nutzte ich die Zeit und besuchte den angebotenen Gottesdienst in der kleinen Kapelle. Mit meinen Krücken humpelte ich den Gang hinunter, bog nach rechts ab und weiter den Gang rechts entlang, bis ich die Tür zur Kapelle auf der rechten Seite vorfand. Dort wurde ich mit noch vier teilnehmenden Frauen von der Pfarrerin herzlich begrüßt und ich hörte dem Gottesdienstablauf aufmerksam zu. Es war ein sehr schöner Gottesdienst, der mich in Gespräche brachte und mir zeigte: *Ich bin nicht allein, mit all den Beschwerden, Ängsten und Befürchtungen. Nein! Es gibt immer noch schlimmere Erkrankungen, die zwar keinen Trost für mich in der aktuellen Situation geben, doch bewusst machen, dass man einfach nicht aufgeben und verzweifeln darf.*

Wieder zurück in meinem Zimmer, begann ich aus dem zweiten Knäuel einen weiteren Schal zu stricken. Das Alleinsein störte mich nicht. Ich kann mich sehr gut alleine beschäftigen. Jedoch sollte dies nicht von langer Dauer sein.

92 Jahre

Kurz vor dem Mittagessen bekam ich wieder eine Bettnachbarin. Oh Gott, oh Gott!! Eine 92-jährige! Mein erster Gedanke heftete sich an die kommende Nacht, denn sie wird bestimmt schnarchen, wie viele alte Leute. Sind wir ehrlich: Nicht viele, sondern alle alten Menschen schnarchen. Es kam noch schlimmer und war ein Graus: sie kommandierte die Schwestern herum, klingelte ununterbrochen, wollte aus dem Bett steigen, um auf Toilette zu gehen. Doch das war alles nicht nötig, sie war bestens versorgt und musste bzw. konnte gar nicht alleine aufstehen. Sie schnarchte schon tagsüber sehr laut und brabbelte nicht zu verstehendes Zeug. Sicher kam eine Verwirrtheit hinzu, welche die älteren Menschen gerade im Krankenhaus bekommen. Aber musste das bei mir, in meinem Zimmer, geschehen? NEIN, ich hoffte, die Nacht gehe schnell - schneller als sonst - vorüber, aber das war wieder nur mal ein Wunschgedanke meinerseits. Mit den kleinen Ohrstöpseln des Fernsehers in den Ohren hoffte ich, nicht alles mitzubekommen, was neben mir vor sich ging. Doch fehlgeschlagen. Diese Frau konnte meinen Fernseher teilweise bzw. ganz übertönen. Also zog ich spät in der Nacht die Bettdecke über meine Ohren, ließ nur meine Augen frei und hoffte auf schnelles Einschlafen. Aber dies wurde mehrmals in der Nacht durch Klingeln und Fragen nach der Nachtschwester von meiner Bettnachbarin unterbrochen. Dann morgens zum Fieber- und Blutdruckmessen war sie schon wieder fit. Ich dagegen konnte vor Müdigkeit und Erschöpfung kaum meine

Augen öffnen. Sie wolle wieder auf Toilette und dies und das fiel ihr ein. Außerdem knipste sie ständig das Licht an. Da reichte es mir! Ich setzte mich auf und erklärte ihr laut (schwerhörig war sie wohl auch) und deutlich: „Legen Sie sich endlich hin und machen Sie Ihr Licht aus! Halten sie einfach mal Ruhe und sind jetzt leise! Es ist noch früh am Morgen und wir haben noch Zeit, bis Frühstück und auch die Visite kommen". Ich löschte mein Licht und kam für kurze Zeit doch tatsächlich zum Einduseln. Die Visite kam, ich war ziemlich genervt und erklärte gleich zu Beginn, falls ich noch länger bleiben müsse, bestünde ich darauf, ein anderes Zimmer zu bekommen. Das war wirklich nicht zum Aushalten! Die Schwierigkeit bestand darin, es gab keine freien Zimmer. Aber der nette Dr. Augapfel erklärte mir, am Mittag mache er die Pumpe ab und dann sehe er, wie die Wunde aussehe. Der Mittag kam, die Omi neben mir schlief seit der Visite den Schlaf der Gerechten, ohne auch nur einen Mucks von sich zu geben. Die Pumpe wurde entfernt und Dr. Augapfel sagte mir zu, ich könne mit einer neu angebrachten Pumpe am Spätnachmittag nach Hause entlassen werden. Ja, endlich nach Hause, in meinem Bett schlafen. Dann eventuell nur ab und zu das Schnarchen meines geliebten Mannes hören. Aber man befindet sich in sicheren und gewohnten Gefilden.

Die Vac-Pumpe

Juhu, was freute ich mich. Mein Ehemann holte mich am Spätnachmittag ab und wir fuhren mit Pumpe am Bein nach Hause. Dort wurde ich von meiner Tochter Kristina und auch Papa begrüßt, bekam einen leckeren Kaffee und genoss die gewohnte heimische Umgebung. Gegen Abend wollte ich nur bequem auf der Couch liegen und einen guten Fernsehfilm, ohne Ohrenstöpsel und irgendwelches Geschnarche und Schikane der Bettnachbarin, anschauen. Die Freude währte nicht lange. Kurz vor Beginn des Spielfilms zog meine Pumpe am Fuß Luft, ließ laute Pfeiftöne von sich und ich bekam es, auch mit Hilfe meines Mannes, nicht mehr in Ordnung. Es ertönte ständig ein unangenehmer Pfeifton, der nicht leise war und so fuhren wir erneut ins Krankenhaus. Dort angekommen, wurden wir alsbald aufgerufen, da sich sonst keine weiteren Personen in der Notaufnahme befanden. Der nette Bereitschafts-Arzt, dessen Namen ich mir nicht gemerkt bzw. notiert habe, schaute nach und klebte um die Pumpe einen dickes Band und erklärte, wir sollen ein Kissen darauf legen, dass wir den Ton nicht mehr hören und am Morgen zur Kontrolle kommen. Nach nur einer halben Stunde fuhren wir wieder nach Hause. So, das war also nach neun Tagen Krankenhausaufenthalt „Mein Zuhause-Ankommen" und gemütliches „Auf-der-Couch-Liegen". Es war nur nervig, dieses laute Geräusch der Pumpe ständig wahrnehmen zu müssen und auch durch ein Kissen ließ sich dieser Ton nicht dämpfen oder abstellen. Gegen Mitternacht zeigte die Pumpe nur noch Alarm an, leuchtete ohne Unterbrechung rot und so fuhren wir erneut ins Krankenhaus. Der nette Arzt entfernte die Pumpe, säuberte die Wunde und verband diese. Dann – endlich – nach einer erneuten halben Stunde, durfte ich nach Hause in mein Bett und konnte mich ohne Pumpe, so gut es ging, einigermaßen bequem zum Schlafen legen.

Mitte Oktober

Woche 12

Pflegedienst

Gut geschlafen, jedoch viel zu kurz, nachdem ich die versäumte Nacht mit der Omi noch nicht aufgeholt hatte, frühstückte ich eine Kleinigkeit und wurde pünktlich zum Kontrolltermin an diesem Morgen abgeholt und in das Krankenhaus gefahren. Dort frühzeitig angekommen und ohne den üblichen Dauerbetrieb, kam ich zügig in das besagte Behandlungszimmer. Dr. Augapfel wurde gerufen, er schaute sich die Wunde an, säuberte sie und hängte die alte Pumpe wieder dran. Diese funktionierte jedoch nicht, er entfernte das Ganze und ich bekam einen Verband. Dann wurde mir erklärt, dass ich die weitere Versorgung durch den Pflegedienst zu Hause bekommen würde und somit nur einmal wöchentlich zur Kontrolle ins Krankenhaus müsse. Dies war mir nur Recht, denn immer noch auf Krücken, mit Schmerzen und dem ständigen Treppauf-Treppab, ist das nicht wirklich ermunternd. So war ich gespannt auf den übernächsten Morgen, an dem der Pflegedienst das erste Mal bei mir seinen Dienst antrat. Den „freien" Tag dazwischen verbrachte ich mit Telefonieren, Lesen und einfach Nichtstun.

Ich muss lernen, mich umzustellen. Das heißt: Nichts machen zu müssen bzw. zu können. Auf seinen Körper zu achten und akribisch zu hören und sich den gegebenen Situationen anpassen.

Der neue Morgen kam und der Pflegedienst erschien. Eine nette Schwester kam herein, wir besprachen die Situation und sie schaute sich die Wunde an. Diese wurde vermessen und Fotos für den weiteren Heilungsverlauf wurden festgehalten. Alsdann wurde die Wunde gesäubert und sehr feinfühlig wieder neu verbunden. Es waren schon arge Schmerzen, die ich zu verarbeiten hatte. Allein der Gedanke: „das Pflaster und der Verband müssen jedes Mal heruntergenommen werden. Welch ein Graus!

Meine Gedanken und Ängste waren in diesen Momenten nicht zu stoppen. Ich hätte gerne die Zeit weiter gestellt – einfach voran - damit alles schneller vorbei wäre. Aber auch dies war wieder nur einer meiner Wunschgedanken, die schnell davon flogen. Irgendwie geht die Zeit weiter und weiter.

Auch diese Verbandsminuten habe ich über mich ergehen lassen, was blieb mir denn anderes übrig? Ich wollte Heilung meiner Wunde und hoffte mit jedem neuen Verbandswechsel-Tag auf Besserung. Doch wie lautete oft mein Spruch in dieser Situation? Mühsam ernährt sich das Eichhörnchen. Ich musste dabei fast lächeln, aber diesen Satz sagte ich mir oft genug im Stillen. Denn bei mir ist der gesamte Heilungsprozess eher langsam und gemächlich, läuft eben nicht so normal ab, wie es hätte sein können. Aber es nützt alles nichts, die Zeit läuft nicht schneller und so musste ich die Dinge abwarten und nehmen, wie sie kamen.

Am nächsten Tag musste ich zum üblichen Kontroll-Termin erscheinen. Mit einem Hallo begrüßte ich die netten Schwestern. Rosemarie erkundigte sich nach meinem Buch, welches ich schreiben wollte und ich bestätigte, es in Angriff zu nehmen. Die Idee reifte immer mehr, all meine erlebten Geschichten des Alltags in irgendeiner

Form aufzufangen und niederzuschreiben. Also begann ich, meine Gedanken und das Erlebte festzuhalten. Machte mir Notizen und brachte diese zu Papier. Stift und Block waren von diesem Tag an meine ständigen Begleiter. Das war eine nette Abwechslung an einem langen Tag. Denn dies konnte ich im Sitzen oder Liegen bewerkstelligen. Immer mal ein bisschen festhalten und aufschreiben, damit nichts verloren geht. An diesem Morgen hatte ich kurz Platz genommen und wurde bald aufgerufen. Dr. Humboldt begrüßte mich im Behandlungsraum. Er erklärte mir, dass wir darauf achten müssen, dass ein Tag zwischen dem Pflegedienst und dem Krankenhaus-Termin sei. Direkt hintereinander sei es zu eng. Da alles frisch am Vortag verbunden werde, sei es unnötig, das spezielle Pflaster gleich wieder abzunehmen und neu zu verbinden. Außerdem solle ich den Fuß ab diesem Tag belasten und die Krücken weglassen. Das war ein ganz ungewohntes Gefühl! Ich sollte ohne meine Krücken auftreten und laufen. Da musste ich mich erst einmal daran gewöhnen, „normal" aufzutreten und auch zu laufen ohne meinen bisherigen Humpel-Schritt. Ich war froh, diesen Fortschritt machen zu können und so verließ ich fast glücklich die Notaufnahme. Fast strahlend verließ ich mit einem netten Abschiedsgruß die Wartezone. Es war ein ganz neues Gefühl, ich musste mein normales Gangbild erst einüben.

Leider habe ich am nächsten Tag den Pflegedienst nochmal telefonisch in Anspruch genommen, da Flüssigkeit bis zum Abschlussrand des großen Pflasters durchkam. Dieser sagte mir zu, vorbeizukommen, um es sich anzusehen. Verlässlich kam der Pflegedienst zu mir, schaute sich die Wunde an, säuberte sie und verband diese neu.

Nun hatte ich Wochenende und die kommenden drei Tage sozusagen frei, außer meinem Krankengymnastik-Termin. Dies war trotz allem für mich entspannend und mit keinerlei Anstrengung verbunden. Ich weiß, so manch einer wird sich hier die Frage stellen, weshalb ich noch Freizeit und Wochenende benötigte? Wochenende hatte ich nun doch jeden Tag und das schon monatelang! Man lebt so in den Tag hinein und wartet, dass der Tag vorüber geht. So ist es aber ganz und gar nicht. Hört sich alles toll nach Nichtstun an.

Ich hätte gerne getauscht: wäre liebend gern arbeiten gegangen, hätte den Alltag normal bewältigt sowie die Freizeitgestaltung ohne Hindernisse und Einschränkungen wahrgenommen. Dies war für mich nicht durchführbar.

Mein Tagesablauf war geprägt von Arzt-, Kontroll-, Krankenhaus- und Verbandsterminen. Diese brachten nicht wirklich viel Angenehmes in meinen Alltagstrott. Ich habe reichlich Ängste, Schmerzen sowie Unzufriedenheit und Geduld in meiner Zeit des Daheim-Seins kennengelernt. *Aus diesem Grund stelle ich mir ein Wochenende und Freizeit wirklich ganz anders vor!*

Herbstanfang

Woche 13

Lesen

Der drittes Band des Buches Shades of Grey war eingetroffen. „Befreite Lust" war der Titel dieses Bandes und ich hatte ihn rechtzeitig – über das Internet - bestellt und er wurde prompt geliefert. Dieses Mal hatte dieses Buch ganze 673 Seiten, aber ich hatte genügend Zeit, um mich diesen zu widmen. Ich begann zu lesen und zu lesen und ruck-zuck waren meine „freien" Tage herum, das Buch war dann auch zum nächsten Kontroll-Termin wieder mit dabei. Der Ablauf war wie gehabt: Warten auf das Aufrufen, was wiederum schnell an diesem Morgen ging und im besagten Raum auf den Arzt warten. Dr. Augapfel hatte an diesem Morgen Dienst und säuberte die Wunde und nahm die Entfernung des Fibrin-Belages vor.(Bei Fibrin handel es sich um hartnäckige Eiweißverbindungen in der Wunde. Diese sogenannten Fibrin-Beläge blockieren die Versorgung der Wunde mit Blut und Nährstoffen. Quelle:www.gesundheitsgmbh.de). Es war sehr schmerzhaft, aber auch das musste ich aushalten und der Arzt tröstete mich mit den Worten, dass alles seine Zeit dauere. Ich dachte wieder an das Eichhörnchen (mühsam…) und war nur allzu froh, als die Wunde wieder neu verbunden war und ich das Behandlungszimmer verlassen konnte. Auch dieser Tag ging mit viel Lesen des dritten Bandes vorüber und ich freute mich auf den kommenden Tag.

Faschingsvorbereitung

Da hatte ich ein Treffen mit meiner Faschingskollegin vereinbart. Monika und ich sind seit zwei Jahren ein gutes Duo als Büttenrednerinnen in unserem Faschingsverein. Sie ist groß, hat kurze blonde - immer gestylte - gut sitzende Haare und ist top gekleidet. Sie legt viel Wert auf ihr Äußeres. Natürlich musste man über die kommende Kampagne nachdenken und besprechen, welcher Sketch einstudiert und aufgeführt wird. Damit ist gemeint: Wir suchen gemeinsam unser Bühnenstück aus, welches wir aufführen wollen. Dabei spielen wir ein Duo – verkleidet als zwei alte Damen – und diskutieren alles Mögliche in das kleinste Detail; gespickt mit vielen Verwechslungen, Schwerhörigkeit und völliges Genervt-Sein. Es gab noch nie Diskussionen darüber, wer welche Rolle bzw. Person übernimmt. Beim Proben hatten wir immer sehr viel Spaß und der Applaus nach unserem Auftritt gab uns die Bestätigung, dass es sich immer wieder lohnt, zu üben und auswendig zu lernen. *Denn zur Faschingszeit bin ich doch auf jeden Fall wieder fit! Das waren zumindest zu diesem Zeitpunkt meine Gedanken. Nicht nur Wünsche, sondern für mich war es klar, denn solange kann sich das doch nicht hinziehen. (Oder etwa doch?)* Hier muss ich erwähnen: Fasching ist für mich eine besondere Zeit im Jahr. Ich bin durch und durch ein Faschings-Narr, verkleide mich zu allen möglichen und unmöglichen Figuren und Tieren. Es macht mir Spaß, in dieser Zeit an Schminke nicht zu sparen und oft werde ich nicht erkannt, da ich so gut verkleidet bin. Nur mein

Lachen verrät meine Person! Deshalb war ich guter Dinge, als wir unseren Sketch ausgesucht hatten, die Rollen verteilt waren und gelernt werden musste.

3. Band

An diesem Tag schaffte ich es, mein Buch – 3. Band - fertig zu lesen. Ich war etwas enttäuscht über das Ende. Aber so ist es doch immer, wenn es mehrere Bände gibt: Der 1. Band ist spektakulär. Diesen Band legt man nicht zur Seite, ist gefesselt, so manche Nachtruhe lässt man dafür sausen und ist fast traurig, wenn er zu Ende gelesen ist. Gespannt, auf den 2. Band, beginnt man diesen zu lesen, regelrecht zu verschlingen. Na ja, und für den 3.Band, also dem letzten Band dieser Serie „Shades of Grey", war die Erwartung ebenso hoch. Doch für mich hat sich der 3. Band so dahin gelesen, da war nichts Spektakuläres mehr, wie man so schön sagt: Ist so vor sich hin geplätschert. Persönlich war es für mich eine nette Verlängerung mit – ja welchem - Ende? Nein! Das will ich natürlich nicht verraten und die Spannung nehmen. Es gibt bestimmt den einen oder die andere, die diesen Roman zur Zeit selbst liest. So stellte ich den 3. Band gleich nach dem Fertiglesen zum Verkauf frei. Keine Stunde dauerte es, war er schon wieder verkauft. Denn er war noch sozusagen druckfrisch und ich hatte diesen dicken Wälzer wieder aus meinem Regal. Anzumerken sei hier: Ich lese jedes Buch nur einmal, niemals ein zweites Mal, selbst wenn es noch so gut war. Ich hebe keines davon auf. Ich kaufe oder leihe mir lieber wieder neue Bücher aus.

Der übliche Rhythmus hatte mich nun eingeholt. Jeden zweiten Tag kam der Pflegedienst pünktlich zur vereinbarten Zeit und kümmerte sich sehr liebevoll und vorsichtig um meine Wunde. Das war dann immer mit Schmerzen verbunden.

Krankengymnastik-Termine blieben weiter bestehen und diese befolgte ich auch ordnungsgemäß, denn es tat gut, meine Beweglichkeit zu trainieren und auch das Laufbild zu verbessern.

Ende Oktober

Zwillinge

Als ich von dem Morgen-Termin zurückkam, klingelte das Telefon und die Frau meines Cousins Rainer (Lydia) kündigte ihren Besuch für den Nachmittag an, um mich abzuholen und einen Kaffee trinken zu gehen. Ja, warum nicht? Das freute mich, denn ich hatte meinen Krankengymnastik-Termin schon erledigt und konnte diesen von meiner To-Do-Liste streichen. So kam sie am Nachmittag mit ihren Zwillingen Janina und Lara-Marie vorbei und wir fuhren mit meinem Vater gemeinsam in das nahe gelegene Café. Zeitlich gesehen war es passend für eine Tasse Kaffee und leckeren Kuchen. Die Zwillinge, gerade 6 Jahre alt und eingeschult, unterhielten mich prächtig; erzählten von der Lehrerin und der Schule. Die Jungs seien anstrengend und die Lehrerin sehr streng, was mich sehr amüsierte und einen abwechslungsreichen Nachmittag mit leckerem Erdbeerkuchen bereitete. Aber auch die Zeit von Lydia war begrenzt und so fuhr sie mich wieder nach Hause und wir verabschiedeten uns und ich konnte mich ganz meiner geliebten Couch widmen. Denn der kurze „Ausflug" war erneut anstrengend, natürlich sehr nett und unterhaltsam und ich genoss das anschließende Nichtstun und vor mich Hin-Dösen.

Dann stand wieder das Wochenende bevor. Jeder sehnt sich nach einem freien erholsamen Wochenende. Jedoch bei mir gab es nichts Neues. Der Pflegedienst verrichtet seine Arbeit, egal ob Samstag, Sonntag oder Feiertag.

Ebenso meinen Schmerzen war das Wochenende egal. Diese konnte ich leider nicht einfach abstellen, reduzieren oder über das Wochenende wegschicken. Ebenso die Langeweile musste ich annähernd vertreiben.

Jahreszeiten

Freuen durfte ich mich auf ein Treffen unserer Büttenredner. Wir trafen uns zwar nur eine Straße weiter bei einer Kollegin, doch für mich wieder unüberwindbar. So fuhr mich mein Mann dort hin. Die Planung war für mich in der kommenden Kampagne klar: Ich bin bis dahin wieder top-fit und nehme an der Kampagne unseres Faschingsvereins auf jeden Fall teil. Es war ein Treffen aller Büttenredner. Es wurde besprochen, welches Programm der Einzelnen zum Auftritt kommt. Anschließend bot jeder seinen Auftritt vor unserem Präsidenten dar, damit dieser sich ein Bild für die kommende Kampagne machen konnte, um seine Notizen für die Ankündigungen festzuhalten. Danach verabschiedeten wir uns aus einer geselligen Runde. Heimgefahren wurde ich von der lieben Monika, meiner Partnerin auf der Bühne. Ich bemerkte, als wir am Blumengeschäft vorbei kamen, dass ich wohl die Jahreszeiten verpasst hatte. Es war doch tatsächlich Weihnachts-Dekoration im Fenster zu sehen.

Wie gibt es das denn? Ich wunderte mich und stellte fest, dass ich wohl den Sommer und Herbst tatsächlich übersprungen habe. Weihnachten steht bald vor der Tür und ich habe nicht wirklich etwas davon mitbekommen. Diese Tatsache war wirklich unglaublich, aber wahr!

Jedoch wurde es mir anschaulich ins Bewusstsein gerufen. So konnte ich mich gedanklich auf die Weihnachtsgeschenke konzentrieren, die zu bestellen bzw. zu kaufen sind. Richtigerweise muss ich es so formulieren: Ich gab an meinem Mann das Einkaufen weiter, da ich dies immer noch nicht selbstständig und alleine ausüben kann.

Abendfrühstück

Die neue Woche begann mit einem netten Besuch von Cornelia. Gegen ein nettes Schwätzchen und guten Kaffee ist absolut nichts einzuwenden und so genossen wir wieder ein paar nette Stunden am Vormittag. Nachmittags stand noch ein Fußpflege-Termin auf meiner To-Do-Liste.

Diese Liste ist meine Erledigungs- bzw. Termin-Liste. Sie ist in dieser Zeit nicht wirklich groß oder lang, denn die Termine, die ich habe, sind notwendig und man lernt immer wieder mit Geduld und Genügsamkeit umzugehen. Es ist jedoch sehr angenehm, seinen Kalender nicht nur mit Terminen übersät betrachten zu müssen. In dieser Zeit meines Daheim-Sein-Müssens wurde mir immer mehr bewusst, dass ich zukünftig darauf achten werde, meinen Kalender nicht mehr mit allen möglichen und vielleicht auch überflüssigen Terminen voll zu schreiben.

Auch mehrere Termine an einem Tag will ich zukünftig vermeiden. *Es führt zu unnötigem Stress und dieser kann einem rechtzeitig erspart bleiben.* Krankenhaus-Kontrolle und Krankengymnastik waren erst für den nächsten Tag angesetzt. Doch an diesem Tag stand ein dritter Termin an, der schon lange im Vorfeld geplant und festgehalten wurde. Mein Treffen zum „Abendfrühstück". Wie: Abendfrühstück? wird sich so manch einer fragen. Was soll denn das? Es ist ganz einfach zu erklären: Als Kristina ihre 4. Schulklasse beendet hatte, wurde ein Frühstückstreffen arrangiert. Dieses Treffen bestand aus 7 Frauen. Jedoch diese alle hier noch einzeln aufzuführen und zu beschreiben, würde zu weit führen. Doch ich bin mir sicher, dass die 7 Damen wissen, wer gemeint ist. (Hier möchte ich anmerken, dass gerade diese Damen mich sehr motiviert haben, mein Büchlein in die Tat umzusetzen und sie eine Leseprobe an unseren Abenden erhalten haben). Nun gut: wir trafen uns seit diesem Grundschul-Abschied regelmäßig zum Frühstücken. Irgendwann konnte morgens kein passender Termin mehr für die Damen gefunden werden, so dass wir auf abends wechselten und es seit dem ersten Abend-Treffen zum „Abendfrühstück" umbenannt wurde. Es ist immer ein sehr netter Abend, ich möchte ihn nicht missen und bin froh, dieser Runde beiwohnen zu dürfen. Es werden auch ernstere Gesprächsthemen aufgegriffen, besprochen und ausdiskutiert, aber alles in einem angenehmen Rahmen. Das Frühstücken wurde durch eine Abendmahlzeit ersetzt und so besteht immer viel Vorfreude auf das nächste Treffen. Denn es gibt besondere Leckereien und entsprechende neue Rezepte sind inklusive. So war es auch an diesem Abend. Ich wurde abgeholt, gut chauffiert und auch wieder nach Hause gebracht. Etwas Abwechslung haben und gute Stunden zu verbringen, lässt meinen Alltag nicht ganz so trist ausschauen.

November

Monatsanfang

Geburtstag

Der Monat November ist ein Monat, den viele Menschen missen möchten. Meist ist er nasskalt, windig oder gar stürmisch, verregnet, nebelig und kühl und zum „Im-Bett-Bleiben". Doch mit gutem Tee und gemütlichem Kerzenlicht ist es auch in dieser Jahreszeit schön.

Es war Anfang November und wie jedes Jahr stand mein Geburtstag an. Ich hatte gar keine Lust zu feiern; geschweige denn etwas zu planen. Denn ich konnte weder etwas richten, einkaufen oder ansatzweise in die Tat umsetzen. Ich benötigte die Hilfe meiner Familie, die ich in den letzten Monaten schon genügend in Anspruch genommen hatte. Ich feiere wirklich gern. Im normalen Alltag plane ich, kaufe ein und organisiere den Ablauf. Dies macht mir Spaß und ich erledige es gerne. Doch an diesem Geburtstag sollte eben alles anders sein. Allein die Tatsache, dass mich der Pflegedienst regelmäßig aufsucht, ist in meinem Alter nicht wirklich das, was man sich zum Geburtstag vorstellt oder wünscht. Für meine Familie war klar: Gar keine Feier, ausfallen lassen, einfach nichts machen, kommt gar nicht in Frage. So wurden Überlegungen angestellt, wie viele und welche Personen eingeladen werden sollten. Kaffee und Kuchen mit den netten Freundinnen, die mich die letzten Monate schon begleiteten, engste Familienangehörige gehörten selbstverständlich auch dazu. Also wurde eingeladen, die Kuchen verteilten sich wie von selbst bzw. wurden wie von Zauberhand gebacken und wir hatten ein super Kuchenbuffet. Julia hatte sich für meinen Ehrentag extra Urlaub genommen und auch mein Mann versorgte die vielen Frauen mit leckerem Latte Macchiato, Kaffee oder auch Cappuccino. Es war ein rundum netter Nachmittag im Kreise meiner Familie und Freundinnen mit vielen netten Gesprächen, lautem Gelächter, hübschen und brauchbaren Geschenken, tollen Blumen oder Blumenstöcken und vor allem guten Wünschen. Das Abendessen ließen wir mit der Familie ausklingen. Sehr glücklich und zufrieden über einen wunderschönen Geburtstag humpelte ich dann noch ins Bad, um meine Abendwäsche und das Zähneputzen zu erledigen, um dann lächelnd in meinem Bett einzuschlafen.

Trotz der erlebten Arztbesuche und Krankenhausaufenthalte während der letzten Monate bietet das Leben nicht nur Schmerzen, Ärger und auch Resignation. Nein! Es gibt immer wieder Lichtblicke und schöne Momente, die den Tag und das Leben einfach lebenswert und schön machen. Positiv zu denken und auch zu handeln, ist wichtig, wenn nicht sogar sehr wichtig und muss <u>stets</u> die Oberhand behalten. Man darf sich nicht unterkriegen lassen und auf keinen Fall aufgeben. Es geht immer weiter und kann im Grunde nur besser werden.

Sicher, gute Wünsche sind schnell ausgesprochen. Aber sind wir hier ehrlich: Das Zurechtfinden im Alltag, das Umgehen mit der Situation und auch die Schmerz- und Angstbewältigung ist nur von der betreffenden Person zu meistern. Durch große Unterstützung ist vieles leichter bzw. angenehmer zu ertragen, aber die Umsetzung liegt an mir selbst.

Ich will

Nur aufgeben darf man nicht. Das kommt und kam für mich nicht/nie in Frage.

Denn:

- Ich will wieder richtig laufen können
- Ich will keine Schmerzen mehr haben
- Ich will auf niemanden mehr angewiesen sein
- Ich will meine Selbständigkeit zurück
- Ich will den Alltag alleine meistern können
- Ich will arbeiten gehen
- Ich will Fahrrad fahren
- Ich will auch wieder tanzen können
- Ich will den normalen Alltag leben können
- Ich will einfach alles wieder so machen können wie vor meinem Sturz

Ich will, Ich will! Ach, da fällt mir das passende Kinderbuch dazu ein, welches ich meinen Kindern damals vorgelesen hatte. Der Titel lautete auch: „Ich will, ich will" (von Jana Frey).

Bei diesem Buch handelt es sich um eine kleine Elfe namens Emma. Sie hat ganz viele Wünsche. Aber am allerliebsten hätte sie einen eigenen Zauberstab, denn damit könnte sie sich dann ganz leicht alle weiteren Träume erfüllen ... Ein Bilderbuch über viel zu viele Wünsche und eine ganz große Freundschaft.

In meinem Fall gibt es viele „Ich-Will-Sätze", doch so einfach umzusetzen sind sie nicht, aber man muss auch einen Lichtblick haben und sei er noch so klein.

Der Weg ist das Ziel und ich habe einen Weg vor mir und habe Ziele mit den Ich-Will-Sätzen gesetzt. Also: Kopf hoch und weiter geht es in einen neuen Tag, eine neue Woche oder auch einen neuen Monat oder eine Jahreszeit.

Lesung

Die kommende Woche war weiterhin mit dem erscheinenden Pflegedienst und der Wahrnehmung der Arzt- und Krankengymnastik-Termine ausgefüllt. Es stand außerdem eine Lesung bevor, auf den ich mich besonders freute. Dorthin begleitete mich meine Freundin Sabine. Hinzu kommt, diese Karten hatte ich bei einer Verlosung gewonnen. Da macht es noch mehr Spaß, eine Lesung zu besuchen. Wir gehen öfters zu Lesungen, haben einen netten Abend mit bekannten oder auch unbekannten Autoren. Ebenso gibt es gleichfalls neuen Lesestoff mit Signatur. Ich freue mich auf so einen Abend. Sicher, normalerweise besuchen wir solche Lesungen drei- bis fünfmal im Jahr. Doch in meinem Fall ist es etwas ganz Besonderes. Ich komme raus, ja wirklich raus. Ich sehe wieder mal etwas anderes, als nur meine Wohnung, Balkon, Ärzte usw.. Andere Menschen und Umgebung, vielleicht auch das eine oder andere Gespräch, bringen für mich Abwechslung in den Alltagstrott, der wiederum kein normaler Alltagstrott im üblichen Sinne ist.

Mitte November

Hochzeit

Die Hochzeit meiner Schwester und meines Schwagers in spe stand bevor. Ich freute mich für die Zwei und hatte das eine oder andere von zu Hause aus bestellen und auch organisieren können und meine Leutchen alle gut eingeteilt. Für diesen besonderen Tag hatte ich mir sogar ein schickes neues Kleid bestellt. (Natürlich mehrere zur Auswahl, mich aber dann für das Schicke in lila mit pink entschieden). Natürlich musste auch eine neue Kette mit passendem Armband und Ohrringen herbei, um das Ganze abzurunden. Das Thema Schuhe war für mich schnell durch. Ich kam nicht in die Verlegenheit, in etlichen Schuhgeschäften zu bummeln und zu probieren. Nein, ich hatte mir Ballerinas bestellt, die nicht optimal dazu passten, aber wenigstens für das Standesamt ihren Dienst verrichten sollten. Später für die Feier hatte ich meine Filzclogs zum Wechseln eingepackt. Natürlich nur für alle Fälle (weit und bequem, ohne dass irgendetwas drückt und zwickt). Das Gedicht hatte ich zu Papier gebracht, welches ich dann nach der Kaffee-Zeit verlesen wollte. Die Standesamt-Zeremonie sollte gleich starten. Jeder war gespannt, wie meine Schwester aussieht. Erzählt hat sie nur wenig von ihrem tollen Kleid. Es war mucks-mäuschen still, es hatte nur noch die berühmte Stecknadel gefehlt. Da aber Familie, Freunde und Verwandte alle pünktlich waren, konnte es losgehen. Auch meine Tochter in Australien wurde live zugeschaltet, über Handy. Sie saß also irgendwo am anderen Ende der

Welt und konnte die Hochzeitszeremonie ihrer Patentante miterleben. Ist das nicht toll? Einfach genial, unsere heutige Technik. Dann erschien meine Schwester. Sie wurde von meinem Vater hereingeführt. Alle standen auf und es war ein ganz rührender Moment. Einfach toll und umwerfend sah sie aus in ihrem weißen bodenlangen Kleid. Auch mein Schwager war hin und weg. So nahmen wir Platz und die Standesbeamtin verrichtete ihren Dienst. Es war einfach schön und anschließend, nach vielem Händeschütteln und Gratulationen, ging es zum Kaffeetrinken. Aber da war ich nun doch schon mit meinen Filzclogs zugegen. Es ist einfach nichts, wenn die Füße nicht die Form haben, die man gern hätte. So konnte ich wenigstens an der Feier teilnehmen und es war ein komplett toller ereignisreicher und wunderschöner Tag für alle Anwesenden.

Ende November

Woche 18

Geschenke

Die neue Woche begann für mich wieder mit Krankengymnastik. Die Termine nahm ich gerne wahr, so hatte ich doch etwas auf meinem Kalender stehen und der Tag erscheint einem nicht gar zu lange. Außerdem ist die Krankengymnastik sehr förderlich für mein Füßchen und für die Beweglichkeit enorm wichtig. Ich möchte nicht, dass mein Fuß eventuell versteift, was nach einem Keimerreger wohl keine Seltenheit ist. Doch dies wäre ganz und gar schlecht.

Der nächste Tag war gespickt mit einem Kontroll-Termin, Nageltermin und als Abschluss einem Termin zur Krankengymnastik. Puh! Drei Termine sind schon viel, aber so geht der Tag herum und ich kam mir nicht ganz so unnütz vor. Den Tag mit nur Herumliegen auf der Couch, Lesen oder Telefonieren vorüber streichen zu lassen, ist nicht wirklich meins. Doch auch das Stricken kam nicht zu kurz. Da für Weihnachten geplant werden musste, dachte ich an selbstgestrickte Schals. Nett verpackt, sind sie ganz gewiss ein besonderes und individuelles Geschenk, welches so in keinem Geschäft zu finden ist. Gedacht, getan und ausgeführt. Dank Internet kann man, ohne sich wirklich fortbewegen zu müssen, die Wolle ins Haus kommen lassen und so begann ich weitere Loops zu stricken. Meiner Schwester strickte ich sodann einen Braunen, meiner lieben Freundin Ursula einen Schal in der Farbe „Natur" und für die liebe Faschingskollegin einen Grünen, den sie aber verschenken wollte. So nahm es seinen Lauf. Ich wurde auf die Schals angesprochen und strickte für Freunde und Verwandte. Natürlich auch das eine oder andere Geschenk zu Weihnachten oder zum Geburtstag wurde noch gebraucht und bestellt. Es blieb nicht bei den Loops, nein, es gibt ja so schöne verschiedene Wolle in unterschiedlichen Farben, Mustern, einfarbig oder bunt. Mit oder ohne Glitzer, alles, was das Herz begehrt und jeden Geschmack trifft. Das war eine nette Abwechslung in meinem, doch so langen, Tag.

Hierzu fällt mir wieder der Satz meiner Mutter ein: „Es hat alles einen Grund und für irgendetwas ist es gut" (wurde vormals schon erwähnt). Ich fragte mich so oft, was sollte der Unfall mir bringen oder zeigen? Etwas genauer betrachtet, sehe ich nun nach diesen langen Monaten doch auch etwas Positives! Denn in meiner Zeit der Unselbständigkeit habe ich die treuen Freunde und Verwandten kennengelernt. Wichtig war es, sich auf sie verlassen zu können und nicht alleine zu sein. Auch hätte ich nie so viele Schals gestrickt (in allen möglichen Variationen) und wäre nicht zur Fertigstellung eines Buches gekommen. Durch meine Gebundenheit an das Haus und die viele Zeit, die ich hatte, habe ich diese genutzt. Nicht nur gegrübelt und mir vorgesagt, dass alles schlecht ist. Man erhält viele Anregungen und Unterstützung von seinen treuen Begleitern in der Zeit, die eine oder andere Idee durchzusetzen und Wirklichkeit werden zu lassen.

Außerdem verändert sich in gewissem Maße die Denkweise in mancherlei Richtung. Ich in meiner Person möchte meinen Kalender nie mehr mit Terminen so voll stopfen, dass keine Zeile mehr dazwischen passt. Mehrere

Termine an einem Tag unbedingt vermeiden und dadurch unnötigen Stress gar nicht erst aufkommen lassen.

Ich habe gelernt, sorgsam mit meiner Gesundheit umzugehen, vorsichtiger in manchen Dingen zu werden. Denn die Gesundheit ist das höchste Gut und da lässt sich nichts dagegen halten.

Außerdem sind es viele Kleinigkeiten, die das Leben verschönern, diese schätzen zu lernen und eben nicht alles so selbstverständlich hinzunehmen. Das habe ich mir vorgenommen.

Ein weiterer Geburtstag stand an. Es war klar, auch diesen zu feiern. Er steht immer Ende November auf dem Plan. Kristina wird 15. Diese Feste sind wichtig für meine Tochter und sie wollte natürlich auch mit Freunden und Verwandten ihren Geburtstag feiern. Dank Familie und Freunden konnte eine richtig nette Geburtstagsfeier organisiert und durchgeführt werden. Es war für sie ein rundum schöner Tag mit vielen Geschenken und Glückwünschen. Als Mutter freut man sich, wenn solche Ereignisse durchgeführt werden können, auch wenn ich fast nichts zum Gelingen beitragen konnte.

Anfang Dezember

1. Advent

Dieses Jahr neigt sich nun dem Ende zu, nur noch vier Wochen bis zum Jahreswechsel und man fragt sich:"Wo ist die Zeit geblieben?" Aber es geht weiter und weiter. Der 1. Advent ist da und das Plätzchen backen hat sich für diese Saison auf ein Minimum reduziert. Jedoch durch Tochter und Ehemann konnte dies erfolgreich abgeschlossen werden und das Selbstgebackene durfte auf dem Weihnachtsteller zum Adventskaffee nicht fehlen.

In dieser Woche war noch ein Abendfrühstück terminiert und es war einfach wieder schön, sich im alten Jahr nochmals zu einem guten Abendessen und netten Gesprächen zu treffen. Die Leseprobe gab es gratis dazu, denn ich wollte auch eine Reaktion auf mein bisher Niedergeschriebenes sehen. *Lag ich richtig mit meinen Notizen, bringt es die Aufmerksamkeit, die ich erwarte, gleichfalls die Lacher für die humoristischen Aufzeichnungen?* Ja, ich war auf dem richtigen Weg. Denn der anschließende Meinungsaustausch zeigte mir, dass ich ein gutes Projekt in meinem Kopf hatte und ich mein Büchlein schreiben kann und fertig stellen würde.

Krankengymnastik-Termine waren weiterhin Inhalt meines Terminplanes und ein Vorstellungs-Termin in einer großen Fachklinik wurde vereinbart.

Reha-Maßnahme

Neugierig trat ich diesen an und wurde auf meinen Reha-Plan aufmerksam gemacht. Mit Ärzten und Reha-Manager wurde der weitere Verlauf besprochen und stellten einen für mich umsetzbaren Plan auf. Viel Gymnastik, Lymphdrainage und auch Muskelaufbau mit verschiedenen Trainingseinheiten an Geräten waren von Bedeutung und sollten in den kommenden vier Wochen meinen Tag ausfüllen. Dies war einer ambulanten Reha gleichgestellt. Auch die bevorstehende Wiedereingliederung in das Berufsleben wurde angesprochen, vielmehr angestrebt und terminlich festgehalten. Danach solle der Eintritt in die volle Arbeitsfähigkeit erfolgen.

Na, wer sagt es denn? Das hörte sich doch durchaus positiv an! Es geht bergauf.

Ich freute mich auf die 4 – 5 Stunden ambulanter Reha-Maßnahme in einer Klinik, die sich in der Nähe meines Wohnortes befindet und die ich mit eigenem Auto erreichen konnte. Dort sollte ich fit für den Alltag gemacht werden.

Alles wird gut und ist gut!

...Oder?...

Erwartungsvoll nahm ich meinen ersten Termin zur Reha-Maßnahme wahr. Ein netter Trainer begrüßte mich. Meine Vorgeschichte wurde ausführlich besprochen und ein ebenso netter (und gut aussehender) Physiotherapeut sowie weitere Trainer wurden mir vorgestellt. Dann wurde mein Trainingsprogramm mit Uhrzeit für den kommenden Tag festgehalten, ebenso wurden Weitere vereinbart. Diesem Termin fieberte ich mit Spannung entgegen.

Auch in solchen Einrichtungen lernt man viele unterschiedliche Menschen kennen und kommt ins Gespräch, denn auch hier hat jeder so „sein Päckchen" zu tragen und wiederum seine eigene Geschichte zu erzählen.

Ohne irgendwelche witzigen und teilweise unglaubwürdigen - aber doch wahren Erlebnisse - wäre das Leben doch langweilig.

Jede Begegnungsstätte bietet Situationen, die einem widerfahren. Jeder Tag ist unterschiedlich im Ablauf, nur die Zeit bleibt nicht stehen. Es geht immer weiter. So auch meine Behandlungen, weiterhin Arzt-Termine und nun meine Reha-Zeit als neuer Bestandteil des Tages.

Fest steht: Hier gibt es noch genügend „Stoff", um weiter zu schreiben.

Denn man kann es schon erahnen: Wirklich zu Ende ist meine Erzählung hier noch nicht. Doch das ist eine andere (eventuell neue?) Geschichte!

Abschlussworte

Da ich selbst eine begeisterte Leserin bin, viel und gerne lese, dürfen die Abschluss- und Dankesworte auch bei mir nicht fehlen.

Ich will es kurz machen: Ich sage DANKE, an alle die mich unterstützt haben, dieses Buch zu schreiben und an mich geglaubt haben. Meiner lieben Familie, netten Freunden, und Verwandten, aber auch meinem Freundestreff des „Abendfrühstücks". Natürlich nicht zu vergessen: meine Lektorin und Zeichnerin Jasmin Becker mit ihrer nie endenden Geduld und guten Inspirationen. Ebenso meinem Cousin Rainer Fich, der sich als weiterer Lektor einbrachte. Dank auch meinem Schwager Sven Becker für die Fotoaufnahme (Photo-Becker, Butzbach). Alle gaben mir die Motivation, dran zu bleiben und es fertig zu stellen, auch wenn es nicht immer einfach war, an der Buch-Idee festzuhalten.

Natürlich danke ich Ihnen, der Leserschaft, dieses Buch gekauft zu haben, mich darin bestärkt zu haben, mal die „Wartezone" näher ins Licht zu rücken und interessant zu machen. Dass es im Alltagsleben oft anders abläuft, als man sich erhofft.

Danke